# 노빈손의 여름 사냥

노빈손의 여름 사냥

초판 1쇄 발행 2000년 7월 1일
초판 36쇄 발행 2014년 12월 12일

지은이 허문선 함윤미 문혜진
일러스트 이우일
펴낸이 고영은 박미숙

편집이사 인영아
뜨인돌기획팀 박경수 강은하 김현정 김영은
뜨인돌어린이기획팀 이경화 여은영 ㅣ 디자인실 김세라 오경화
마케팅팀 이학수 진영수 ㅣ 경영지원팀 김용만 오상욱 임진희

디자인 하늘소

펴낸곳 뜨인돌출판(주) ㅣ 출판등록 1994.10.11(제2011-000185호)
주소 110-062 서울시 종로구 경희궁1길 10-1
홈페이지 www.ddstone.com ㅣ 블로그 blog.naver.com/ddstone1994
노빈손 홈페이지 www.nobinson.com ㅣ 페이스북 www.facebook.com/ddstone1994
대표전화 02-337-5252 ㅣ 팩스 02-337-5868




ISBN 978-89-86183-42-0 03810
CIP제어번호: CIP2010002840

# 노빈손의 **여름 사냥**

허문선 · 함윤미 · 문혜진 지음    이우일 일러스트

뜨인돌

# 머리말

여름이 술렁인다.

아스팔트를 달구는 햇볕이, 한낮의 매미가, 들녘 여기저기서 울음 우는 개구리들이 술렁인다.

우리들은 모두 여름에 술렁인다.

이런 여름이 없었더라면 어쩌면 우리는 미니어처 마을의 개처럼 지루하고 딱딱한 나날을 보내고 있었을지도 모른다.

조간신문처럼 날마다 배달되지 않고, 일 년에 한 번씩 찾아와 우리의 가슴을 뜨겁게 달구어 놓는 여름, 그래서 여름은 더 살갑고 반갑다.

목에 수건을 두르고, 어깨에는 배낭을 맨 채 들로, 산으로, 바다로, 그리고 어디로든 떠나자. 여름을 만끽해 보자.

때로 소나기를 만나거든 그것과 반갑게 인사를 나누고, 지루한 장마가 이어지더라도 그것을 즐기자. 염소들이 한가로이 풀을 뜯는 강가에 머물면 그곳에 발 담그고 찰방찰방 물장구를 쳐도 좋을 것이다.

소리가 들리는가?

혀를 내밀고 헉헉거리는 개들의 졸음 겨운 소리, 귀뚜라미들의 화음 섞인 합창 소리, 깊은 계곡을 혼자 흘러 왔을 시냇물 소리, 출렁이는 파도 소리, 그리고 탱탱한 칠월의 살구가 남몰래 익어 가는 소리들이. 여름의 소리는 그렇게 우리들 곁에 머물며 한없이 귀를 간질일 것이다.

　풋풋한 야생화가 너도나도 손을 흔드는 여름 들녘과 꿈결처럼 애잔하게 흩어져 있는 메밀꽃밭에서 숨을 한번 크게 들이쉬어도 좋으리라.

　호기심 많은 노빈손, 그래서 늘 좌충우돌하는 노빈손의 여름은 원색적이면서도 낭만적이다. 하지만 늘 진지하게 탐구하는 노빈손을 따라다니다 보면 여름 속에 숨어 있는 과학들을 새록새록 깨닫게 될 것이다.

　더위를 날려 버리는 기화열을 배우게 되고 극성스런 모기의 비밀도 듣게 될 것이다. 변덕스런 여름 날씨의 이유를 알게 될 것이고, 조상들의 지혜로운 여름나기도 경험할 수 있을 것이다. 배시시 비어져 나오는 웃음 뒤로 상큼한 바람이 살며시 스치는 것을 느낄 수 있을 것이다.

　자, 그럼 이제 노빈손과 함께 여름 사냥을 떠나 볼까?

허문선, 함윤미, 문혜진

# 차 례

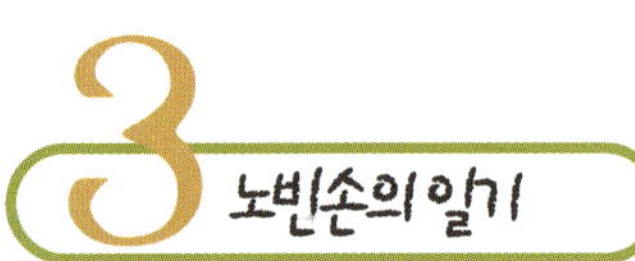

부록
실험실

## 1장 변덕스러운 날씨

### 순식간에 일어난 일

"헉헉헉, 아, 안 돼, 안~ 돼~."

노빈손의 눈이 번쩍 떠졌다. 온몸이 땀으로 흥건히 젖어 있었고 놀란 가슴은 벌렁거렸다.

"하아, 하아, 꿈이었구나."

노빈손은 꿈을 꾼 것이었다. 비행기가 빙글빙글 회전을 하며 정신없이 바닥으로 곤두박질치는 꿈을. 작년 배낭여행에서의 비행기 추락의 악몽이 다시금 되살아났다.

그날의 일들은 가끔 꿈속에 나타나서 그를 괴롭히곤 했다.

"아, 정말 진짜 같았어. 특히 그 모터 소리는……."

노빈손은 귀를 손바닥으로 꾹꾹 눌렀다. 아직도 귓전에서 모터 소리가 맴돌고 있는 것 같았다.

춘분, 하지, 추분, 동지 등 변해 가는 기후에 따라 1년을 스물넷으로 나눈 것을 24절기라고 하는데, 일반적으로 여름은 낮의 길이가 가장 긴 하지(6월 21일경)부터 낮과 밤의 길이가 같은 추분(9월 23일경) 사이를 말하는 것이다.
그러나 요즘엔 더위가 일찍 찾아와 보통은 6~8월을 여름이라고 생각한다.

그런데 좀 이상했다.

'비행기에서도 모터 소리가 나나? 분명히 모터 소리였는데……'

그때였다. 다시 그 모터 소리가 들려왔다.

에엥~.

"어, 이 소리는?"

공중 회전을 하며 노빈손의 주위를 맴돌고 있는 것이 있었다.

"아니, 파리였잖아."

노빈손은 어이가 없고 기가 막혔다. 갑자기 화가 치밀어올랐다. 악몽의 실체가 저 파리였다니…….

"너, 너 잡히면 가만 안 둬! 아우 저게……."

그러나 파리는 그리 만만치 않았다. 의외로 민첩하고 날렵할 뿐 아니라 그 모터 소리로 적을, 아니 노빈손을 교란시키고 있었다.

잡힐 듯 잡힐 듯 잡히지 않는 파리 때문에 약이 오를 대로 오른 노빈손은 파리채를 들고 땀을 삐질삐질 흘리며 방 안을 사방팔방 뛰어다녔다.

얼마나 뛰어다녔을까? 인내심의 한계를 시험이나 하려는 듯 깐족이던 파리는 벌개진 노빈손의 얼굴을 뒤로한 채 경쾌한 날개춤을 추며 유유히 날아가 버렸다.

"어, 너 거기 안 서?"

온 방 안을 헤엄치다 겨우 낮잠이 든 노빈손의 귀에서 왱왱거리던 파리는 끝끝내 노빈손의 잠을 홀랑 깨워 놓고 그렇게 떠나 버렸다.

후텁지근하고 끈적끈적했다. 점점 굵어지는 땀방울, 수건으로 닦아내 보아야 소용없었다. 여름은 그저 사람의 몸에서 땀을 빼내기 위해 존재하는 계절인 듯했다.

얼핏 든 잠마저 깨버린 노빈손의 짜증은 극에 달했다. 다시 잠을 청해 봤지만 끈적이는 날씨 때문인지 잠드는 것도 쉽지 않았다.

후텁지근함에 못 이긴 그는 창문을 활짝 열었다. 그러자 마치 기다렸다는 듯이 날파리 떼들이 속속 방 안으로 들어왔다.

"오늘따라 날파리들이 왜 이렇게 기승을 부리지? 비가 오려나?"

노빈손은 팔을 휘저어 파리들을 내쫓으며 혼잣말을 했다. 갑자기 날파리가 많아지거나 개미들이 떼지어 기어다니면 곧 비가 올 거라는 사실을 그는 잘 알고 있었던 것이다.

"그래, 비나 확 쏟아졌으면 좋겠다."

노빈손은 창턱에 양팔을 얹고서 하늘을 올려다보았다. 구름 역시 적란운이었다.

"어, 이건 무슨 냄새지?"

노빈손은 코를 킁킁거리며 시선을 아래로 향했다. 동그란 하수구 뚜껑이 눈에 들어왔다.

'하수구 냄새였군. 습기가 많아져서 암모니아 냄새가 아주 진동을 하네. 확실히 비가 오겠어.'

하늘에 구름이 잔뜩 끼어서 햇빛이 잘 내리쬐지 않고 습기 찬 날엔 암모니아 같은 기체들이 증발되지 못한 채 땅 가까이에 퍼져 있

30℃가 넘는 여름에는 아주 작은 일에도 자주 화를 내게 된다. 그것은 바로 습기 때문이다. 높은 기온에 습도까지 올라가면 나온 땀이 잘 증발되지 않아 체온 조절이 안 되기 때문에 불쾌해지는 것이다. 불쾌지수는 바로 이런 불쾌한 정도를 말하는 것인데 기온이 높은 더운 날씨라고 하더라도 습도가 낮으면 불쾌지수는 높아지지 않는다.

요즘엔 특이한 자신만의 머리모양을 하고 싶어하는 사람들이 많다. 그러다 보니 미용실도 많아졌다. 그러나 미용실에 손님이 별로 없는 날이 있다고 한다. 그것은 바로 비가 오는 날이다. 특히 장마철

비가 오는 날에는 우리의 머리카락이 수분을 흡수하여 약 1.5배 부피가 늘어난다고 한다. 따라서 비 오는 날 파마를 하게 되면 파마약 성분이 머리카락에 제대로 침투하지 못해 파마가 잘 안 나오는 것이다.

게 되기 때문에 유독 냄새가 많이 나는 것이다.

노빈손은 내심 비가 쏟아지길 바라며 주변 환경을 살폈다. 그리고는 미용실에 가신 엄마 생각을 하며 고개를 절레절레 흔들었다.

"이런 날 미용실엘 가시다니. 오늘은 뽀글뽀글한 부처님 파마가 잘 안 나올 텐데……."

잠시 창밖을 내다보고 있던 그는 다시 중얼거렸다.

"나도 참 딱하지. 여름방학을 이렇게 보내고 있다니, 정말이지 내 신세가 불쌍하군."

노빈손은 다시 방바닥에 드러누웠다. 그리고는 부채를 들어 연거푸 바람을 일으켰다.

그때 열어 놓은 창문 사이로 잠깐 동안 시원한 바람이 들어오는가 싶더니 후두둑 하는 소리가 들려왔다.

노빈손은 벌떡 일어나 창가로 다가갔다. 장대 같은 비가 주룩주룩 쏟아지기 시작했다.

"이제야 좀 살 것 같군!"

창밖으로 손을 뻗어 빗물을 받았다.

'햐, 이렇게 시원한걸. 그래 죽죽 내려라, 주욱주욱!'

콩 튀듯이 타다다닥거리며 지붕 위로 떨어지는 빗방울 소리가 노빈손에겐 경쾌한 피아노 소리처럼 들렸다.

그런데 그때 문득 뇌리를 스쳐 가는 한 마디가 있었다.

'비가 오려고 하면 된장독 뚜껑을 꼭 덮어야 한다.'

앗, 이럴 수가! 엄마가 남기고 간 말이 그제야 떠오른 것이다.

“아, 이런 바보!”

비가 올 거라고 장담해 놓고 정작 장독 뚜껑은 잊고 있었던 노빈
손은 자신의 머리를 쥐어박으며 방문을 열고 쏜살같이 뛰쳐나갔
다.

'장독에 물이 들어갔다간 죽음인데…….'

노빈손은 고개를 내저으며 마음속으로 울부짖었다.

장독대에 도착한 순간, 노빈손은 무언가에 머리를 심하게 맞은
듯한 느낌을 받았다. 조금 전까지만 해도 주룩주룩, 아니 사정없이
쏟아져 내리던 비가 거짓말처럼 뚝 그쳐 버린 것이었다.

노빈손은 이 상황을 기뻐해야 하는 건지, 분노를 터뜨리며 팔팔
뛰어야 하는 건지 걷잡을 수 없는 혼란에 빠졌다. 하지만 마음을
가다듬으려 애쓸 만한 여유는 없었다.

옛날에는 집의 양지 바른 쪽에
낮은 축대를 쌓고, 잔돌을 깐 다
음 그 위에 장이 담긴 항아리를
올려놓았다. 그리고 집이 좀 넓
으면 뒷마당에 장독대를 설치했
으며, 좁은 집에서는 앞마당에
장독대를 만들어 놓았다.
예로부터 장맛은 그 집안의 음식
맛을 좌우한다고 하여 장 담그는
일을 매우 중요하게 여겼다. 일
부 지방에서는 장독 윗부분에 새
끼를 두른 뒤 거기에 빨간 고추,
버선본 등을 거꾸로 매달아 잡귀
나 부정을 막아 장맛을 변치 않
게 하는 풍습이 내려오고 있기도
하다.

## 하늘도 무심하지

'설마 그렇게 잠깐 내렸는데 별일이 있을라구.'

노빈손은 스스로를 위로하며 뚜껑이 열린 장독 속을 들여다보았
다.

“으악!”

그는 외마디 비명을 지르고 말았다. 잠깐 쏟아졌던 소나기의 빗
물이 장독 속에 흥건했던 것이다. 노빈손의 등이 확 달아올랐다.

15

습도는 우리 생활뿐 아니라 성격과 피부에 영향을 준다. 일반적으로 습도가 낮은 곳에서 사는 사람들은 피부가 곱고 얇으며 성격이 쾌활하다고 한다. 또 몽골 말과 아라비아 말이 세계적으로 유명한 것도 습도가 낮은 지역에 살아 털빛이 곱고 아름답기 때문이라고 한다.

"나쁜 소나기! 미운 소나기!"

노빈손은 항아리 뚜껑을 들고 절규하듯 소리쳤다. 이제 앞으로의 상황은 안 봐도 뻔했다. 폭풍처럼 몰아닥칠 어머니의 잔소리. 방학했다고 내내 빈둥거리는 노빈손을 못마땅해하시는 어머니에게 새로운 잔소리거리를 제공하게 된 셈이다. 게다가 요 며칠 어머니에게 잘 보여서 여행을 가보려던 계획이 모두 수포로 돌아가게 되었으니……

"신이시여, 왜 저에게 이토록 가혹한 형벌을 내리시는 겁니까?"

노빈손은 머리를 쥐어뜯으며 애꿎은 하늘에 대고 원망을 해댔다.

우르릉 쾅쾅 하는 소리가 연달아 들려온 것은 그때였다. 세상이 온통 누전된 것처럼 번쩍거렸다.

"앗, 하늘이 노했나? 아니면 또 소나기가?"

이대로 있다가는 큰 날벼락이 떨어질 것만 같았다. 장독 뚜껑을 얼른 덮고 막 내려오려 하는데 다시 천둥, 번개가 몰아쳤다.

"엄마야~."

노빈손은 엉겁결에 장독대 옆에 있는 감나무 밑으로 갔다.

'이런, 이런, 천둥과 번개가 칠 때 나무 밑에 있다니, 이젠 스스로 무덤을 파는군.'

노빈손은 후다닥 집 안으로 뛰어 들어갔다.

요란하던 천둥 소리가 금세 잠잠해더지니 해가 삐죽 얼굴을 내밀었다.

정말 변덕스런 날씨였다. 노빈손은 현관에 걸터앉아 곰곰이 생각했다. 장독 사건을 알게 되면 어머니는 분명히 잔소리를 늘어놓으며 여행 얘기는 꺼내지도 못하게 할 것이었다.

'그래, 우선 엄마가 오시기 전에 저 물을 빼버리는 거야.'

덥석 숟가락을 들고 장독대에 올라갔지만 장독에서 물을 빼내는 일은 그리 간단치 않았다. 숟가락으로 퍼내다가 까딱 잘못하면 물이 밑에까지 내려갈 수도 있고 깨끗하게 물기를 제거하기도 어려울 것 같았다.

"아, 어쩌지? 엄마 오실 시간 다 돼가는데……."

노빈손은 그 동안 본 만화책이니 과학잡지니 할 것 없이 닥치는



여름에만 천둥과 번개가 치는 이유는 무엇일까?

폭풍우를 일으키는 구름 속에서는 전기가 생기기도 한다. 그 전기가 서로 부딪치면 번개가 일어나고, 번개가 치면 그 주변에 있는 공기가 데워진다. 데워진 공기는 아주 빨리 팽창하게 되는데, 이 공기가 찬 공기와 부딪치면 그때 천둥 소리가 나는 것이다. 따라서 천둥과 번개는 온난하고 습하며 공기층이 불안정한 여름철에만 생긴다. 춥고 건조한 겨울에는 아무리 눈이 와도 천둥과 번개가 치지 않는다.

17

'압력과 부피의 곱은 일정하다.'
이것이 보일의 법칙인데 다시 말해 압력과 부피는 반비례 관계라는 것이다.
병원에서 쓰는 주사기가 이 법칙을 실생활에 응용한 것이다. 주사기 안으로 물을 빨아올리기 위해 주사기의 피스톤을 당긴다. 그러면 주사기 안의 부피가 피스톤을 뺀 만큼 늘어난다. 그런데 부피가 늘어나면 보일의 법칙에 의해 그만큼 압력이 낮아지게 된다. 결국 주변 압력보다 주사기 안의 압력이 낮아져 물이 주사기 안으로 들어가게 되는 것이다.

대로 머리 속에 떠올렸다. 그러나 더위를 먹어서인지 영 떠오르는 것이 없었다.

"아, 더위를 먹어서인지 머리가 안 굴러가. 으으윽!"

머리를 쥐어뜯으며 괴로워하던 그의 발 밑에 뭔가 채였다. 물총이었다.

"에잇, 뭐야?"

노빈손은 물총을 마당으로 뻥 찼다. 휙 날아가는 물총을 보자 노빈손에게 갑자기 뭔가가 떠올랐다.

"아, 그렇지. 왜 그 생각을 못 했지?"

노빈손은 마당으로 뛰어가 냉큼 물총을 주워 들었다.

며칠 전 사촌 동생들이 물총 싸움을 한다며 마당에서 물을 뿜어대며 놀다가 두고 간, 주사기처럼 생긴 물총이었다.

노빈손은 물총을 장독 안에 집어넣었다. 그리고 물총의 뒤를 쭉 잡아뺐다. 그러자 주변의 압력보다 물총 내부의 압력이 낮아져 금세 물이 물총 안으로 주욱 빨려 올라왔다.

그렇게 연거푸 물을 빼내자 장독 안에 흥건하게 고여 있던 물이 어느 정도 없어졌다. 하지만 여전히 장에는 약간의 물기가 남아 있었다.

"에이 이 정도면 되겠지. 아니지, 아니지. 완전히 증거를 없애버려야지."

노빈손은 다시 집 안으로 들어가 두루마리 휴지를 들고 나왔다. 그러고는 휴지 끝을 장 안에 담갔다.

"역시 물을 흡수하는 데는 휴지가 최고라니까. 일명 모세관 현상이라고나 할까?"

휴지는 사정없이 물을 빨아올렸다.

'후유, 이 정도면 됐겠지. 그나마 장독 입구가 좁으니까 이만큼밖에 안 들어갔지. 옛날 사람들이 장독을 이렇게 불룩하게 만든 건 태양열을 골고루 받으라고 그런 게 아니라 비 올 때를 대비해서가 아니었을까?'

어쨌든 안도의 한숨을 내쉰 노빈손은 물총과 휴지를 들고 집 안으로 들어갔다.

## 더위야 물럿거라

"후유~ 하마터면 다 된 밥에 코 빠뜨릴 뻔했네."

노빈손은 불의의 사고를 해결한 자신이 무척 대견스러웠다.

"아우, 머리 썼더니 덥다."

손으로 얼굴을 부치며 방으로 들어가려던 노빈손은 갑자기 멈춰섰다. 그리고 부엌 쪽을 바라보며 회심의 미소를 지었다.

"그래, 냉장고 니가 있었구나."

노빈손은 흐뭇한 얼굴로 냉장고를 열었다. 그러곤 얼굴을 스윽 들이밀었다. 코에 김이 서리기 시작했다.

"히히히, 이렇게 시원한걸."

냉장고는 열을 이동시키는 기계
이다. 손에 알코올을 묻혀 입으
로 불면 시원하게 느껴지는데,
전기 냉장고는 바로 이 원리를
이용한 것이다. 즉, 냉장고는 기
체로 변하기 쉬운 가스를 사용해
그것이 기체가 될 때 주위로부터
열을 빼앗는 현상을 이용한 것이
다. 액체가 기체로 될 때는 열을
잃고 차가워진다. 이것은 분자가
액체로부터 튀어나가 기체로 될
때 에너지가 필요하기 때문이다.
이 에너지는 액체로부터 나온다.
즉, 남아 있는 분자들은 원래보
다 적은 에너지를 가지기 때문에
차게 되는 것이다.

삐삐삐! 삐삐삐!

"알았어, 알았다니까."

냉장고의 경고음에 슬쩍 머리를 빼던 노빈손의 눈에 덩그러니 놓여 있는 수박이 들어왔다.

"오호호호… 수박이 있었네."

노빈손은 마치 인디언처럼 괴상한 소리를 내며 수박을 꺼내들었다. 사실 남들은 잘 모르지만 그에게는 이상한 습성이 있었다. 무언가 먹음직스러운 것을 보면 원숭이가 바나나를 발견한 듯 괴상한 소리를 내는 것이었다. 게다가 노빈손의 식탐은 장난이 아니었다.

"오호호호… 오호호호……."

수박을 치켜든 채 부엌을 빙빙 돌던 노빈손은 조심스럽게 식탁에 내려놓았다.

"거 참, 잘생겼군."

손등으로 수박을 두드리자 '통통' 하며 맑고 경쾌한 소리가 들렸다.

'오랜만에 힘 좀 써볼까?'

노빈손은 오른손을 번쩍 들어올렸다. 그리고 다섯 손가락을 쫘악 펴고 손에 힘을 주었다.

"하나아 두울 이얍!"

노빈손은 있는 힘껏 수박을 내리쳤다. 곧 '쩍!' 하는 소리와 함께 수박이 갈라지더니 파편이 부엌 여기저기로 튀었다.

"하하하, 격파왕 노빈손은 죽지 않았다. 내 당수 실력을 누가 따라오랴! 으하하하."

노빈손은 흐뭇한 얼굴로 쪼개진 수박 덩어리를 들어 한 입 베어 물었다.

"음~ 달다, 달아!"

행복했다. 그의 인생에서 먹을 것을 뺀다면 그 무엇이 남으랴.

노빈손은 주걱만 한 숟가락을 들었다. 그러곤 수박의 빨간 속을 게걸스럽게 퍼먹기 시작했다.

'이럴 게 아니라 방으로 들어가서 좀 더 편한 자세로 먹어야겠군.'

노빈손은 숟가락과 수박 반 통을 들고 방으로 들어갔다. 아까부터 선풍기는 덜덜거리며 혼자 돌아가고 있었다.

"이것도 바람이라고……."

엄지발가락으로 선풍기의 강풍 버튼을 눌렀다.

노빈손에게 작은 희망사항이 있다면 그것은 집 안에 찬바람 펑펑 나오는 에어컨을 들여 놓는 것이었다. 하지만 그런 말을 꺼낼 때마다 엄마의 말씀은 늘 한결 같았다.

— 에어컨은 집 안의 열을 모아서 밖으로 내보내는 거야. 그러니까 바깥 날씨가 자꾸 더 더워지는 거라구.

"할 수 없지, 뭐."

아쉬운 대로 뜨뜻한 선풍기 바람을 맞으며 수박 한 덩이를 베어 물던 그에게 갑자기 좋은 생각이 떠올랐다.

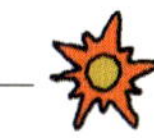



옛날에도 냉장고가 있었다. 지금의 전기 냉장고와는 다소 차이가 있긴 하지만 옛날 사람들은 한여름에 얼음을 먹기 위해 겨울에 얼음을 끌어다 동굴에 넣어 보관했다. 이것이 바로 석빙고이다. 얼음을 저장할 때는 얼음끼리 서로 붙지 않도록 쌀겨, 솔잎 등을 1~2cm 정도 깔고, 가로 70~80cm, 세로 1m, 높이 60cm 정도의 크기로 잘라 층층이 쌓았다. 그러면 얼음이 녹지도 않고, 서로 붙지도 않아 여름을 시원하게 날 수 있었다.

공기 속의 수증기와 이산화탄소 등이 마치 온실의 유리와 같은 역할을 해 지구의 온도를 높이는 현상을 말한다.

다시 말해 태양광선을 받은 지구의 지면이 그 빛을 다시 복사하는 과정에서 적외선의 빛을 수증기와 이산화탄소가 흡수한다. 그리고 흡수한 빛을 지면에 열로 내뿜는 것이다.

이산화탄소, 메탄, 아산화질소, 염화불화탄소 그리고 오존 등의 기체들이 이런 온실 효과를 부추기고 있다.

"그거야! 조금 전에 비가 쏟아지고 나서 마당이 좀 시원해졌었지."

노빈손은 목욕탕으로 가 팔에 물을 잔뜩 묻혀 가지고 왔다. 그러곤 선풍기 앞에 찰싹 붙어 앉았다.

"으흐흐흐, 시원한 거. 이게 바로 과학천재 노빈손의 기화열을 이용한 선풍기 에어컨처럼 활용하기라고나 할까?"

노빈손의 팔에 있던 물기가 증발되면서 팔의 열을 빼앗아가자 너무나 시원했다.

"아니, 이럴 게 아니라 아예 차가운 바람을 만들어야겠군."

이번엔 수건에 물을 적셔 왔다. 그리고 그 수건을 선풍기의 안전망 위에 걸어 놓았다.

"유후, 제법 시원한 바람이 부는걸."

노빈손은 선풍기를 마주한 채 수박 덩어리를 다리 사이에 끼고 손이 안 보일 정도로 미친듯이 퍼먹었다.

배도 빵빵해졌겠다, 시원하겠다, 행복해진 노빈손은 양팔을 쭉 뻗고 방바닥에 드러누워 천장을 바라보며 앞으로 떠날 여행에 대한 이런 저런 공상을 했다.

'이번엔 꼭 배낭여행을 해야 할 텐데, 배를 타고 가볼까? 지중해의 해변이 그렇게 아름답다고 하던데…….'

여행 생각을 하니 갑자기 의욕이 불끈불끈 솟는 듯했다. 당장이라도 여행을 떠날 채비를 해야 할 것만 같았다. 마음은 벌써 아름다운 지중해의 노천 카페에서 강렬한 햇볕을 받고 있었다.

"내가 이럴 때가 아니지."

노빈손은 벌떡 일어나 윗옷을 벗어제치곤 거울 앞에 섰다. 그러나 현실은 언제나 좀 잔인한 데가 있었다.

퀭한 눈, 창백한 얼굴, 부스스한 머리, 깡마른 팔다리 그리고 빨래판 같은 갈비뼈.

노빈손은 입술을 앙다물며 다시 거울을 보았다. 눈에 힘을 주었다가 치켜뜨기도 하고, 가늘게 실눈을 떠보기도 했다. 한참 거울을 응시하던 그가 소리쳤다.

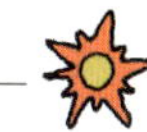



앞뒤가 꽉 막힌 공간에서 선풍기를 켜 놓고 잘 경우 호흡수가 빨라져 산소 소모가 많아지기 때문에 산소 부족으로 생명이 위협받게 되는 것이다. 게다가 술을 마신 뒤 선풍기 바람을 계속 쐴 경우에는 체온이 급격히 떨어져 신진대사에도 이상이 생기기 때문에 술을 마신 뒤 꽉 막힌 공간에서 선풍기를 켜 놓고 잠자는 것은 아주 위험하다.

더울 땐 오히려 운동을 열심히 해서 땀을 빼고 나면 개운해진다는 얘기가 있다. 그러나 실제로는 여름에 운동을 무리하게 하면 수분 손실과 체온 상승으로 인해 위험하다. 그보다는 따뜻한 음식을 먹는 것이 좋다. 그래서 우리 조상들은 삼계탕이니 보신탕이니 하는 뜨거운 음식을 즐겨 먹었다. 특히나 더위를 먹었을 때는 더운 물을 마시는 것이 아주 좋다.

"그래, 여행을 떠나기 전까지 몸을 키우는 거야!"

노빈손은 팔굽혀펴기를 시작했다.

백만 하나, 백만 둘, 백만 셋…….

어느새 지쳐 버린 노빈손, 방바닥에 벌렁 드러눕고 말았다.

"아! 이것도 만만치 않군."

## 별난 여름나기

방바닥에 등을 붙였다 떼었다 하며 여행잡지를 보던 노빈손의 눈에 남극의 빙산이 들어왔다.

"와, 진짜 한입만 깨물면 무지 시원하겠다. 이 빙산 하나면 몇 사람이나 먹을 수 있을까? 집에 에어컨도 필요없을 텐데."

열심히 빙산 사진을 보며 입맛을 다시던 노빈손.

"아, 시원한 하드나 하나 사먹어야겠다.'

하드를 사먹기 위해 밖으로 나가려고 보니 햇볕이 장난이 아니었다. 이렇게 뜨거운 햇볕 속을 뚫고 갔다오면 하드가 다 녹아 버릴 것 같았다.

"에이 나가기 귀찮은데……."

어쩔까 고민하던 그에게 며칠 전에 과학잡지에서 본 '얼음 바 만들기'가 생각났다.

'아, 그런 게 있었지?'

신이 난 노빈손은 과학잡지를 뒤적였다.

"오, 여기 있군. 준비물이 얼음이랑, 소금, 음료수, 비커, 숟가락, 나무젓가락, 망치, 신문지, 스티로폼 그릇이랑 컵이라……."

노빈손은 주방에 들어가 이리저리 뒤져 가며 재료를 준비했다.

"비커는 유리컵이면 되고 스티로폼 그릇은 어디서 구하지? 하여튼 이게 문제라니까. 어디서 구할 수 있는지 적어 놔야 할 거 아니야."

투덜대던 그의 눈에 어제 먹은 컵라면 용기가 들어왔다.

"히히히, 너 잘 만났다."

노빈손은 잡지를 보며 열심히 얼음 바를 만들었다.

"얼음은 마른 수건에 싸서 이렇게 망치로 부수는 게 최고지. 그리고 얼음을 너무 잘게 부수면 쉽게 녹아 버려서 소금이 닿은 부분을 관찰하기 어려우니까 적당하게……."

얼음을 적당하게 부순 노빈손은 그것을 컵라면 용기에 담았다. 그리고 나서 얼음의 약 3분의 1 정도에 해당하는 소금을 골고루 뿌린 후 나무젓가락으로 잘 섞어 주었다. 왜냐하면 얼음과 소금을 섞으면 흡열반응이 일어나 온도가 약 −23℃까지 내려가기 때문이다.

"이 정도면 됐겠지."

소금과 얼음이 들어 있는 컵라면 용기 안에 주스를 담은 그릇을 넣었다.

"이제 다 됐군. 시간이여 빨리 흘러라."

얼음의 온도(0℃)보다 선풍기 바람의 온도(20~30℃)가 높기 때문이다. 얼음의 입장에서 선풍기 바람은 드라이어의 더운 바람과 같기 때문에 결국 얼음은 바람의 열을 흡수하여 더 빨리 녹게 되는 것이다.

얼음은 보통 0℃ 근처에서 얼게 되며 윗면과 주위에서부터 차례대로 얼어간다. 모두 얼면 주변 부위는 맑고 투명하나 나중에 언 중심 부위는 기포가 모여 뿌옇게 보인다. 얼음 속이 뿌옇게 보이는 것은 얼음 속에 갇힌 둥근 기포에서 빛이 산란하기 때문이고, 투명하게 보이는 까닭은 기포가 없어 빛이 얼음 속을 직진하기 때문이다.

노빈손은 시간이 지나기만을 기다렸다.

"어디 보자. 야호! 오호호호!"

괴성을 지르며 컵라면 용기 안에 만들어진 얼음 바를 꺼냈다. 신기하게도 주스가 꽁꽁 얼어 있었다.

"바로 이 맛이야!"

노빈손은 자신이 만든 얼음 바를 우적우적 먹으며 생각했다.

'그러고 보니 눈 오는 날 찻길에 소금을 뿌리는 것도 눈의 어는 점을 낮게 만들어 잘 얼지 못하게 하려고 그런 거구나.'

흐뭇해진 노빈손. 하나를 가르쳐 주면 열을 아는 자신이 너무나 대견했다.

바깥 날씨는 거의 살인적이었다. 여행잡지를 빌리러 할 수 없이 나오긴 했는데 나오자마자 후회막급이었다. 아스팔트에서 뿜어져 나오는 열기로 당장에라도 계란 프라이를 해먹을 수 있을 것 같았다.

이미 노빈손의 손에는 아이스크림 하나가 쥐어져 있었다. 담벼락에 붙은 채 건물의 그림자가 드리워진 그늘로 천천히 걷고 있던 그의 눈에 반가운 간판 하나가 들어왔다.

"그래, 바로 저거야!"

그것은 다름 아닌 은행 간판이었다.

노빈손은 남은 아이스크림을 입에 허겁지겁 구겨 넣으며 은행 안으로 들어갔다. 자신이 그토록 그리던 에어컨 바람이 있는 곳으로.

안으로 들어서자마자 시원한 바람이 그를 맞아 주었다. 앉아서 기다리는 사람이 몇 사람 눈에 띄었다.

"내가 왜 진작 이 생각을 못 했지?"

노빈손은 기쁨을 감추지 못하고 큰 소리로 말했다. 그러자 옆에 서 있던 청원경찰이 그를 아래위로 훑어보았다. 청원경찰과 눈이 마주친 순간 노빈손은 뜨끔했다. 청원경찰이 뭔가를 말하려는 듯 입을 달싹였지만 애써 눈길을 피하며 번호기 앞으로 다가가 번호표를 뽑았다.

이번에는 창구 여직원이 의아한 표정으로 노빈손을 바라보았다.

'에이 뭐야? 나의 불순한 의도를 혹시 알고 있는 거 아니야? 다들 왜 기분 나쁘게 자꾸 쳐다보지?'

여직원 역시 뭔가를 말하려다 마는 것 같았다.

'아, 뼛속이 시원해질 때까지 에어컨 바람을 쐬다 가야지. 이번 기회에 땀띠를 뿌리째 뽑는 것도 훌륭한 생각 아니겠어?'

노빈손은 기분 나쁜 눈길들을 외면하며 에어컨 앞에 마주 앉았다.

생각만 해도 벌써 〈닥터 지바고〉에서나 보았음직한 눈보라치는 시베리아 평원에 와 있는 것 같았다.

그때 청원경찰이 뚜벅뚜벅 그에게로 걸어왔다. 노빈손은 괜히 찔려서 움찔하며 애처로운 눈길로 청원경찰을 바라보았다. 그러나 청원경찰은 그를 지나 에어컨 쪽으로 갔다. 노빈손은 얕은 한숨을

땀띠는 일종의 피부병이다. 땀이 많이 난 다음 그것이 제대로 증발되지 않거나 땀구멍이 막혀 땀이 몸 밖으로 흘러나오지 못하면 빨간 구진이 생기는데, 이것이 바로 땀띠인 것이다.
땀띠가 났다고 해서 찬물로 씻게 되면 땀띠가 급속도로 퍼질 수 있으므로 따뜻한 물에 소금을 풀어 씻는 게 좋다. 신선한 오이를 가로로 두 토막 내 그 자른 자리를 땀띠가 난 부위에 대고 문지르면 심한 땀띠도 치료할 수 있다.

여름에 다이어트하는 이유는 두 가지다. 첫째는 옷이 짧아져 삐져나온 살을 가릴 수 없기 때문이고 둘째는 뚱뚱하면 조금만 움직여도 땀이 많이 나기 때문이다. 보통 살이 많이 찐 사람은 피하지방이 두껍기 때문에 열이 발산되기 어려워 몸 안에 열이 모이기 쉽고, 체온도 높아지기 쉽다. 그래서 열을 밖으로 내보내기 위해 마른 사람에 비해 땀을 많이 흘리는 것이다.

내쉬었다. 그리고 다시 잡지로 시선을 돌리려는데 에어컨 바람이 확 꺼졌다. 청원경찰이 꺼버린 것이었다.

'허억, 뭐야? 사람 차별하는 거야?'

기껏 에어컨 있는 데를 발견해서 좋아했는데 들어오자마자 꺼버리다니.

'이런 게 어딨어? 고객 우선 아니야, 내가 아무리 없어 보이기로서니……'

노빈손은 부아가 치밀어올랐다. 계속 구시렁거리던 그는 청원경찰에게 뭔가 한 마디라도 내뱉을 요량으로 얼굴을 들었다.

이상했다. 사람들의 시선이 모두 자신을 향해 있었다. 둘러보니 은행 안엔 손님이 자신밖에 없었다. 어리둥절해진 노빈손이 어쩔 줄 몰라 하며 당황해하고 있을 때였다. 맑고 낭랑한 여자 음성이 은행 안에 울려 퍼졌다.

"오늘의 영업을 마칩니다. 저희 은행을 이용해 주신 여러분 감사합니다. 저희는 친절과……"

'엥, 뭐야. 은행시간 끝난 거야?'

노빈손은 너무나 무안해져서 부리나케 은행을 빠져 나왔다.


"나는 왜 이렇게 되는 일이 없담!"

나오자마자 후텁지근한 기운이 온몸 구석구석을 다시 파고들었다.

"사람을 이토록 비참하게 만들다니, 나쁜 더위!"

그는 혼잣말을 하며 은행 건물 앞에 철퍼덕 주저앉았다. 그리고 잠시 은행 앞을 오가는 사람들의 표정을 살폈다. 다들 내리쬐는 햇볕에 벌개진 얼굴로 땀을 삐질삐질 흘리며 바삐 걸어가고 있었다.

노빈손은 지나가는 사람들을 보며 다른 사람들은 더위를 어떻게 이겨 나가는지 유심히 관찰했다.

"와, 저 사람 땀 흘리는 거 봐. 장난 아니네. 쫓아다니면 한 양동이는 나오겠다… 와, 저 배 밑에 그늘진 것 좀 봐! 저렇게 땀을 많이 흘리는 걸 보면 체온이 높다는 얘긴데… 그렇다면 지방이 많은 사람 몸에선 열이 잘 발산되지 않나 보군."

노빈손은 깡마른 자신이 이럴 땐 다행이라는 생각이 들었다.

잠시 후 이번엔 위아래로 뱃살이 올록볼록 삐져나온 여자가 배꼽티를 입고 지나갔다.

"와, 진짜 공포의 뱃살이다. 어차피 배꼽엔 땀샘도 없어서 내놓고 다녀 봤자 시원하지도 않은데… 쯧쯧 저러다 괜히 배탈이나 나지……."

혀를 끌끌 차고 있는데 이번엔 삼단 같은 머리를 엉덩이까지 길게 늘어뜨린 여자가 지나갔다.

"저 여자는 덥지도 않나? 이 더위에 저 긴 머리를 풀고 다니게. 귀신도 여름에는 머리를 묶고 다닐걸."

바로 그때 기발한 생각이 떠올랐다.

"공포 비디오, 바로 그거야! 공포영화를 보면 추울 때 일어나는 반응과 똑같은 신체반응이 일어난다고 했겠다."

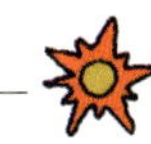



배꼽티를 입는 이유는 배꼽에서 땀이 나기 때문일까? 아니다. 배꼽에서는 땀이 안 난다. 왜냐하면 배꼽에는 땀샘이나 땀구멍이 없기 때문이다.
순전히 멋내려고 입는 거다. 그러나 멋부리다가 자칫 복막염에 걸릴 수도 있다.

공포영화를 보면 추위를 느낄 때
와 똑같은 신체 반응이 일어난
다. 차가운 것이 피부에 닿으면
뇌에서 차갑다는 걸 알아차리고
피부 근처의 혈관을 닫고 근육을
수축시킨다. 으스스한 느낌이 들
면서 피부에 소름이 끼치는데 공
포영화를 볼 때도 똑같은 반응이
몸에서 일어난다.

노빈손은 쏜살같이 비디오 가게로 달려갔다.

"아저씨, 진짜 소름이 쫙 끼치게 무서운 영화 있어요?"

헉헉대며 물었지만 주인 아저씨는 TV에만 시선을 고정한 채 들은 척도 하지 않았다.

"아저씨, 무서운 영화 있나구요?"

노빈손이 다시 한 번 물었다. 그러나 주인 아저씨는 여전히 묵묵부답이었다.

"아저씨! 손님 말이 말 같지 않아요?"

주인 아저씨가 천천히 노빈손 쪽으로 얼굴을 돌렸다. 순간 섬뜩해졌다. 일자 눈썹의 주인 아저씨는 매서운 눈빛에 사나운 인상을 지닌, 말 그대로 범죄형이었다.

주인 아저씨는 아무 말 없이 고개를 돌려 턱으로 한쪽 구석을 가리켰다.

'주인이 바뀌었나?'

노빈손은 약간 으스스한 기분이 되어 아저씨가 가리킨 쪽으로 가보았다.

"우아, 공포영화가 이렇게 많은 줄 미처 몰랐네."

노빈손은 비디오 테이프를 하나씩 꺼내어 대강의 줄거리를 훑어 보았다.

'으으… 이거 장난이 아닌데.'

그는 테이프를 들고 망설였다. 막상 보려고 하니 겁이 났던 것이다.

'어휴~ 이렇게까지 해야 하는 건가?'

노빈손은 자신의 신세가 참으로 가련하다는 생각이 들었다. 하지만 어쩌랴. 이렇게 해서라도 더위가 물러간다면 그것으로 된 것이 아닌가.

"얼마예요?"

노빈손이 계산대 위에 테이프 세 개를 올려놓으며 물었다. 그러자 주인 아저씨가 씨익 웃으며 입을 여는데 하얗게 빛나는 송곳니가 소름끼치게 번쩍였다.

"이거 어때? 이게 더 무서운데……."

마치 동전으로 유리창을 긁을 때의 그 찢어지는 듯한 날카로운

31

맥주를 컵에 따를 때 거품이 솟구쳐 오른다. 이때 만들어지는 거품은 액체 속에 녹아 있는 기체가 충격이나 온도 상승에 의해 기체방울이 되어 나오는 것이다. 이때 거품은 맥주에서 이산화탄소가 빠져나가는 것을 막을 뿐 아니라 공기 중의 이물질이 침투하지 못하게 하기도 한다.

목소리가 주인 아저씨의 입에서 새어나왔다.

"아, 아니에요. 이 정도로도 충분해요."

노빈손은 얼버무리며 돈을 내던지고는 도망치듯 나왔다.

'쳇, 아저씨 얼굴이 더 무섭다.'

## 으실으실 공포 특급

"아, 안 돼, 거긴 안 돼!"

노빈손의 입에서 낮은 신음이 새어나왔다.

꼴깍꼴깍.

노빈손은 마른침을 삼켰다. 언젠가부터 가슴이 콩당콩당 방망이질을 하고 있었다.

잠시도 눈을 뗄 수가 없었다.

한 손엔 캔맥주, 한 손엔 오징어 다리를 든 채 그는 화면 속으로 점점 빠져들고 있었다. 밤에 잠 안 자고 비디오를 본다고 구박할까 봐, 노빈손은 한껏 숨을 죽이고 있었다.

또다시 그 음산한 음악이 낮게 깔렸다. 온몸이 전율하듯 소름이 쫙 끼쳐 올라왔다. 노빈손의 얼굴은 이미 하얗게 질려 있었다. 털들도 쭈뼛쭈뼛 곤두선 채 긴장하고 있었다.

이제 또 누군가의 죽음이 임박한 것이다.

목이 탔다. 목덜미 뒤로 싸한 한기가 느껴졌다.

음악 소리는 점점 더 가까이 들려왔다.

쿵쿵쿵쿵

적막을 깨며 요동치는 심장 소리에 노빈손은 현기증마저 느껴졌다.

"안 돼, 열어 주지 마, 안 돼."

노빈손은 낮게 울부짖었다.

서서히 서서히 누군가가 주인공의 뒤로 다가오고 있었다. 노빈손의 심장은 멎어 버리는 것 같았다.

그때였다. 노빈손이 이상한 기운을 느낀 건.

분명히 누군가가 자신을 주시하고 있었다. 순간 섬뜩한 기운이 그를 훑고 지나갔다. 알 수 없는 그림자가 어른어른 비치는 듯했다.

그는 마치 얼어버리기라도 한 듯 움직이지도 못한 채 잔뜩 상기된 얼굴로 눈만 좌우로 굴리고 있었다.

노빈손은 애써 무시하며 화면에 집중하려고 했다. 그러나 그러면 그럴수록 이상하게도 그의 신경은 더더욱 자신을 지켜보고 있는 누군가에게로 향하고 있었다.

바람이 쏴아 불어왔다. 노빈손은 순간 움찔했다. 식은땀이 등줄기를 타고 흘러내렸다.

이제 더 이상 화면은 눈에 들어오지 않았다.

째깍째깍째깍.

차가운 시계 소리가 들려왔다.

일반적으로 땀은 더울 때 많이 난다. 그런데 덥지 않아도 땀이 날 때가 있으니 바로 무서운 영화를 보거나 깜짝 놀라 공포감을 느낄 때이다. 이때는 체온이 낮아도 땀이 나온다. 이러한 땀을 우리는 보통 식은땀이라고 한다. 이것은 정신적인 충격에 의해 나오는 것으로 정신적 발한이라고도 한다. 이 경우에는 뇌의 정신적 변화가 간뇌에 자극을 주고 간뇌의 체온 조절 중추가 자극을 받아 실제 체온 상승과는 관계없이 부교감 신경을 통해서 피부와 모세혈관의 확장이 일어나 순간적으로 땀이 분비되는 것이다.

째깍째깍.

시계 소리는 점점 더 크게 들리며 온 방 안에 울리고 있었다.

어느새 노빈손의 얼굴에 식은땀이 흘러내렸다.

그는 몸을 옴짝달싹도 못한 채 화면만을 응시하고 있었다. 물론 아무것도 보이지 않았다.

서서히 서서히 그림자가 다가오는 것 같았다.

당장이라도 자신의 목을 확 휘감을 것 같았다.

째깍째깍.

그때였다.

아악!

날카로운 비명소리가 울려 퍼졌다.

"아악! 아악!"

또 다른 비명소리가 연달아 들려왔다.

노빈손의 비명이었다. 그는 이불을 뒤집어썼다. 주인공의 비명에 놀라 같이 비명을 지른 것이었다.

등골이 축축하게 젖어 왔다. 이불을 뒤집어썼지만 그 무시무시한 환영들은 점점 더 또렷하게 눈앞에 펼쳐지고 있었다.

'뭐, 뭐지?'

노빈손은 쿵쾅거리는 가슴을 진정시키며 애써 다른 생각들을 하려고 했다. 낮에 만난 배꼽티의 여인, 임신 8개월 정도는 된 것처럼 보였던 뚱뚱한 아저씨… 그러나 그러면 그럴수록 환영은 점점 더 생생해져만 갔다.

노빈손은 하는 수 없이 잠들기로 했다.

"참새 아흔아홉 마리, 참새 백 마리."

'에이, 화장실도 가고 싶은데……'

그렇게 세어 나가는 동안 그는 어느새 잠에 빠져 들었다.

커튼 사이로 들어온 달빛에 노빈손을 비추던 거울이 차갑게 반짝였다.

마치 노빈손을 향해 미소 짓고 있는 것 같았다.

르네상스 시대에 유리제작의 중심지였던 베네치아에서 유리판 뒷면에 주석박(朱錫箔)을 붙이는 방법이 발명되면서 거울이 만들어졌다.

이것이 금속제 거울 대신 유럽에 보급되어, 무거운 청동제 등의 거울은 자취를 감추게 되었다. 하지만 당시의 거울은 너무 비싸 귀족이나 부자들의 독점물이었다. 그러다가 19세기에 들어 유리의 대량 생산과 함께 도은법(鍍銀法)이 발명되면서 일반인들에게도 보급되었다.

오늘날에는 편평한 유리판 뒷면에 알루미늄을 얇게 입힌 다음 그 위에 붉은 칠을 해서 거울로 사용하고 있다.

수영장에서 넘어질 뻔한 경험은 누구에게나 있을 것이다. 이유가 뭘까? 그것은 바로 물이 지면과의 마찰을 줄여 주기 때문이다. 이런 마찰력은 달리는 자동차가 브레이크로 멈출 때에 이용되는 것이다. 수영장 바닥은 물이 묻은 사람들이 이동하면서 쉽게 얇은 수막이 생긴다. 바닥이 물로 덮이면서 발바닥과 수영장 바닥 사이의 마찰력이 감소하는 것이다. 그래서 쉽게 넘어지는 것이다.

수영장 안의 슬라이드도 물을 흘려보냄으로써 마찰력이 줄어들어 더 잘 미끄러지는 것이다.

## 꿈인가 생시인가

"시원~하다!"

노빈손은 열심히 팔을 저으며 물살을 갈랐다.

"어푸어푸~ 음파음파!"

자유롭게 팔다리를 놀렸다. 물개와도 같은 그의 몸놀림에 주위 사람들이 놀란 눈치였다. 주위 사람들의 시선을 받고 있자니 목에 힘이 들어갔다.

"음, 모두들 나의 수영 솜씨에 놀라고 있군."

노빈손은 신이 나서 더욱 열심히 물장구를 쳤다. 그는 마치 물개처럼 커다란 수영장을 몇 바퀴 돌았다.

"한 바퀴만 더 돌아 볼까?"

노빈손이 자신만만하게 풀 가운데로 들어갔을 때였다. 갑자기 오줌이 마려웠다. 그는 화장실을 찾기 위해 풀에서 나왔다. 그런데 아무리 찾아봐도 화장실은 보이지 않았다.

다리를 배배 꼬며 지나가던 사람에게 물었다.

"저, 실례지만 화장실이 어디에 있나요?"

노빈손의 물음에 그 사람은 어딘가를 가리켰다. 하지만 그곳엔 역시 화장실이 없었다. 난감해진 노빈손은 어찌할 바를 몰랐다. 방광이 조여 오면서 아예 오줌보가 터질 것 같았기 때문이다.

"으으 미치겠다. 도대체 어디 있는 거야!"

계속해서 안절부절못하던 노빈손의 얼굴에 회심의 미소가 떠올

랐다. 어렸을 적 아버지를 따라 목욕탕에 갔다가 탕 속에서 실례를
했던 생각이 난 것이다.

"옳지, 바로 그거야!"

노빈손은 풀장 안으로 첨벙 뛰어들었다. 그리고 물 속에 몸을 푹
담갔다. 물 밖으로 얼굴만 삐죽 내민 채 눈알을 이리저리 굴렸다.
아무도 보지 않는 틈을 타서 급기야 일을 저질렀다.

'바로 이때야! 하나, 둘, 셋……'

마음속으로 숫자를 세던 노빈손은 셋에서 시원하게 실례를 했
다. 그런데 어찌나 많은 양이 차 있었던지 오줌을 다 누기까지 꽤
오랜 시간이 걸렸다.

"아, 개운하다!"

노빈손은 부르르 떨면서 몸을 일으켰다.

그때 개구쟁이처럼 생긴 남자아이가 노빈손 쪽으로 다가오더니
호기심 어린 눈초리로 그를 훑어보았다.

'혹시 저 녀석이 눈치를 챘나?'

내심 찔렸던 노빈손은 꼼짝도 하지 않고 그 자리에 서서 손으로
주변의 물을 밀어냈다. 꼬마는 계속해서 그의 주위를 빙빙 돌았다.

"저리 가지 못해!"

노빈손이 잔뜩 무서운 표정을 지으며 말하자 꼬마가 소리쳤다.

"어, 물이 따뜻해졌어. 형 오줌 눴지?"

앗, 이럴 수가! 다른 사람도 아닌, 꼬마 녀석에게 들켜 버리다니.
이토록 쉽게 비밀이 탄로날 줄 몰랐던 그는 어찌할 바를 몰랐다.

그저 빨개진 얼굴을 숙인 채로 서 있을 뿐이었다. 그 순간 풀장 여기저기에 흩어져 있던 사람들이 하나둘 노빈손의 곁으로 몰려들었다. 그러곤 손가락질하며 웃어대기 시작했다.

'으으~ 이 상황이 제발 꿈이었으면……'

노빈손은 줄행랑을 치기 시작했다.

"거기 서!"

사람들이 우르르 그의 뒤를 쫓아왔다. 숨이 턱까지 차올랐지만 사람들은 지칠 줄 모르고 계속해서 따라왔다.

"제발 이제 그만~."

노빈손은 손을 허우적거렸다. 그리고 눈을 번쩍 떴다.

꿈이었다. 너무나도 생생한 꿈이었다.

"후유~ 다행이다."

노빈손은 안도의 한숨을 내쉬었다.

그때였다. 자신에게 무시무시한 문제가 생겼다는 것을 깨달은 것은. 노빈손은 앉은 자세 그대로 벽을 쳐다보며 오른손으로 아랫도리를 만져 보았다.

"으으… 이럴 수가!"

그의 얼굴이 흉하게 일그러졌다.

이불에 볼일을 본 것이다.

"수박에, 아이스크림에, 맥주까지 들이켜 놓고 그냥 잠을 자다니. 내가 미쳤지, 미쳐도 한참 미쳤어. 덥다고 생난리를 치더니 한심하다, 한심해."

노빈손은 자신의 경솔한 행동이 너무나도 후회스러웠다. 속옷은 물론 겉옷과 이불까지 축축하게 젖어 있었다.

"아니야, 이건 꿈일 거야. 깨어나라, 노빈손. 어서!"

노빈손은 자신의 뺨을 사정없이 때리고 허벅지를 꼬집었다. 이 상황이 현실이 아니길 바라고 또 바랐다. 그러나 현실은 언제나 냉정한 법!

"아, 어쩌면 좋지? 이게 무슨 개망신이야!"

축축한 바지를 입고 엉거주춤한 폼으로 서서 머리를 쥐어뜯으며 괴로워하던 노빈손의 눈에 세계 지도가 들어왔다.

"배낭여행? 배낭여행 좋아하네. 이제 여행이고 뭐고 다 물 건너 갔어. 우씨… 그래, 가자. 일단은 국내 여행 먼저 하는 거야. 모두에게 잊힐 때쯤 다시 나타나는 거야."

얼른 옷을 갈아입고 주섬주섬 짐을 챙겼다. 집에서 하룻동안 일어난 모든 악몽을 뒤로한 채 새벽 이슬을 맞으며 노빈손은 험난한 여정길에 올랐다.

잠을 자면서 꿈을 꿀 땐 램 수면기로 오른쪽 뇌가 감각이나 번뜩임을 전문적으로 맡게 되는데, 이것에 의해 꿈을 꾸게 된다. 이때는 완전히 잠 속에 빠져 있는 것이 아니기 때문에 현실에서 화장실에 가고 싶은 욕망이 뇌에 전달되어 그것이 꿈으로 나타나 오줌 누는 상황으로 전개된다. 즉, 꿈이 현실이 되고, 현실이 꿈이 되어 동시에 오줌을 누는 것이다. 그러다가 어느 순간, 본능적으로 자신이 실제로 오줌을 누고 있다는 사실을 느끼고 잠에서 깨어난다. 하지만 이미 일은 벌어진 상태. 후회해도 소용없다.

### 장마철엔 타자와 투수 중 누가 더 유리할까?

장마철에는 주위가 온통 습기 투성이이다. 물론 야구공도 습기에 차 있다. 이러한 야구공은 습기 때문에 손에 착착 달라붙는다. 그래서 공을 던질 때 변화구가 기가 막히게 잘 들어가게 된다. 반면 공기 중에 물분자가 많아지다 보니 밀도가 높아져서 공이 야구 방망이에 잘 맞아도 공기의 저항을 많이 받아 멀리 날아가지 못한다. 따라서 습기가 많은 장마철에는 투수가 유리하고, 햇빛 쨍쨍한 날에는 타자가 유리한 것이다.

### 날씨가 흐리면 더 혼난다.

어느 통계에 따르면 날씨가 흐리거나 비가 오는 날은 맑은 날에 비해 학생들이 5배나 더 벌을 받는다고 한다.

맑은 날에는 혈관이 수축되고 몸의 수분이 잘 증발되기 때문에 상쾌한 기분이 들지만 흐린 날에는 몸에 수분이 많아져 개운하지 않을 뿐 아니라 산소가 포함된 음이온보다 탄산가스가 포함된 양이온이 더 늘어나기 때문에 기분이 별로 좋지 않아 부정적이 되기 쉽기 때문이다.

### 소 나 기

갑자기 구름이 새까매지며 굵은 빗방울이 짧은 시간 동안 미친 듯이 내리다가 그치는 허무한 비.

빗방울의 지름은 5~8mm이고 모양은 우주선처럼 납작한 타원형이다.

무더운 날 더운 공기와 찬 공기가 부딪치는 곳에서 내리는 소나기는 오후 늦게 오는 경우가 많으며 천둥과 번개를 동반하기도 한다.

## 장마

해마다 6월 하순부터 한 달 정도 흐린 날씨가 계속되며 비가 줄창 내리는 장마.

뜨거운 기류와 차가운 기류가 동서로 걸쳐 전선을 만드는데 이 전선이 오르락내리락하면서 비를 뿌리는 것이다.

장마 때라도 보통 사흘에 하루는 비가 내리지 않는다.

장마전선과 태풍이 만나면 집중호우가 발생하고 홍수가 터져 큰 피해를 준다. 7월 초순에는 장마전선이 일시적으로 약해지는 경우가 많아 어떤 때는 사나흘 동안 계속해서 햇빛을 볼 수도 있다.

## 태풍

집이건 돼지우리건 전부 날려 버리는 강력한 바람 태풍.

태풍은 북태평양 서부에서 발생하는 열대저기압이다.

열대 지방에 햇빛이 강하게 내리쬐면 많은 수증기가 하늘로 올라간다. 올라간 수증기는 서로 뭉쳐져 점점 커다란 구름을 만든다. 이 커다란 구름이 때마침 적도를 넘어서 불어오는 바람, 그리고 열대 지방으로 불어오는 바람과 만나게 되는데 서로 자리를 비켜 주지 않으려고 주위를 빙빙 돌며 소용돌이를 만든다. 이 소용돌이의 위력이 점점 강해지면서 태풍으로 변하는 것이다.

## 드라큘라의 모든 것

예로부터 세계인을 공포의 도가니로 몰아넣었던 드라큘라.

밀가루를 뒤집어쓴 듯 허옇다 못해 애처롭기까지 한 얼굴, 달밤에도 주변을 훤히 밝히는 송곳니, 더워 죽겠는데 왜 입고 다니는지 의심스러운 검은 망토. 불면증에 시달려서 늘 벌겋게 충혈된 눈.

여름에 찾아오는 초대받지 못한 손님, 드라큘라. 그를 둘러싼 갖가지 소문의 진실을 밝힌다.

본명은 블라드 쩨페쉬(Vlad Tepes). 드라큘라는 그의 아버지의 이름에서 따온 것이다. 그는 1400년대에 지금의 루마니아 트랜실바니아 지방인 왈라키아를 통치하던 성주였다.

어렸을 적, 사람들의 시기와 전쟁으로 가족 모두를 잃고부터 드라큘라의 성격은 포악해져 갔다. 가족에 대한 복수심으로 불타던 드라큘라는 외세의 침입을 받을 때마다 적들을 잔인하게 죽였다. 투르크와의 전쟁 때는 잡아온 포로들을 꼬챙이로 찔러 죽였다. 그것도 항문을 찔러서. 또 병자나 거지들을 집으로 초대하여 건물에 가둔 뒤 불을 질렀다. 솟아오르는 불길을 보며 드라큘라는 맛있게 저녁식사를 즐기곤 했다.

그렇게 사악하게 굴던 드라큘라는 결국 1476년, 자신의 오른팔 심복에게 잔인하게 암살 당하고 만다.

유럽 전역을 한때 공포로 들끓게 했던 드라큘라에 관한 소문은 1400년대 역사 학자들에 의해 세계 전역으로 퍼지기 시작했고 그 소문이 점점 커지고 커져 아일랜드 작가 B. 스토커에 의해 소설 '흡혈귀 드라큘라' 로 부활하게 된다.

그렇다면 여기서 한 가지 의문이 든다. 드라큘라는 왜 피를 원하는 것일까?

데이비드 돌핀이라는 학자는 드라큘라는 포르피린이라는 단백질 고리가 제 역할을 하지 못하는 유전병 환자일 거라고 추측했다. 이 환자들의 특징은 헤모글로빈이 철분과 결합하지 못해 몸 곳곳으로 산소를 공급할 수 없다. 그래서 다른 사람의 피를 섭취해야만 하는 것이다.

그럼 다시 또 하나의 질문이 떠오른다. 드라큘라는 혈액형이 없는가? 어떻게 아무 피나 빨아먹고도 무사할 수 있는가?

그 이유는 간단하다. 드라큘라가 먹는 혈액은 드라큘라의 피 속으로 들어가는 것이 아니라 위나 장 같은 소화기관으로 들어가 영양소로 분해되기 때문에 죽지 않는 것이다. 사람들이 해장국의 선지나 사슴피를 먹고도 무사한 것처럼 말이다.

# 날씨를 말씀드리겠습니다 II

## 나도 기상 캐스터

1. **고양이가 여기저기 뛰어다니며 소란을 떨 땐 널었던 빨래를 걷어 주세요.**

   저기압이 다가와 온도가 올라가고 습기가 많아지면 고양이들은 금세 느끼고 전에 없던 행동을 한다.

2. **모기가 떼지어 날면 세차를 하지 마세요.**

   초여름에 비를 안고 있는 저기압이 오면 남풍이 불어, 무더운 저녁에 모기들이 한 곳으로 떼지어 나는 일이 많아진다.

3. **개미들이 떼지어 이사하는 날엔 이사하지 마세요.**

   개미는 습기가 많아지고 적어지는 것을 금세 느껴 저기압 상태가 되면 비가 올 것을 예감하고, 안전한 곳으로 옮겨 가는 습성이 있다.

4. **여기도 모기, 저기도 모기. 모기가 유난히 눈에 많이 띄면 낙석에 주의하세요.**

   무더우면서 비가 자주 올 때는 태풍도 곧 불어올 것이라는 뜻이 된다. 이런 때가 바로 모기가 발생하기 좋은 조건이 되어 모기가 많아지는 것이다.

5. **물고기가 물 위로 입을 내놓고 호흡을 하면 부침개 재료를 준비하세요.**

   비가 오는 저기압이 되면 낮은 기압 때문에 물속의 산소가 증발이 잘 되어 산소가 부족해진다. 그래서 호흡하기 곤란해진 물고기들이 물 위로 올라와 숨을 쉬게 된다.

**6. 청개구리가 요란스럽게 울면 놀러가지 마세요.**

저기압이 오면 습기가 많아지고 기압이
낮아져서 청개구리가 호흡을 하기 힘들다.
그래서 청개구리는 비가 오기 전에 요란
스럽게 우는 것이다.

**7. 파리가 들끓으면 높은 곳으로 이사를 하세요.**

여름에 비가 많으면 많을수록 파리가 잘 번식을 한다. 그러니 파리가 많다는
것은 홍수가 날 위험이 많다는 이야기가 되는 것이다.

**8. 깜깜한 밤이 되었는데도 매미가 시끄럽게 울어대면 다음 날엔 선탠을 하세요.**

날씨가 맑은 고기압이 다가오면 매미는 상쾌한 기분이 되어 더 열심히 운다.

**9. 아침에 거미집에 물방울이 맺혀 있으면 야외로 놀러 나가 보세요.**

맑은 날씨를 예고하는 고기압권 내에서는 밤에도 날씨가 좋아 복사 현상이
심하게 일어나서 아침에 이슬이 맺히는 것이다.

**10. 참새가 지붕 홈통에 집을 지으면 과일을 많이 드세요.**

계속 날씨가 좋아 주위가 매우 건조해졌기 때문에 참새는 습도를 맞추기 위
해 지붕 홈통 같은 곳에 집을 짓는 것이다.
과일은 비가 적게 오고 햇볕이 많이 내리쬘 때 제일 달다.

## 비 오는 날

### 찬밥이 동그랑땡 된 사연

이런 걸 준비한다.

먹다 남아 밥통에 말라붙은 찬밥 덩어리 몽땅, 김이 모락모락 나는 두부 반 모, 간혹 눈에 띨 만큼의 부추, 할머니가 보내 주신 미숫가루를 밥숟가락으로 3~4번, 홀딱 벗긴 양파도 반쪽, 식용유 쬐금, 소금도 찔끔, 후춧가루는 더 쪼끔, 국물을 하도 우려내서 말라비틀어진 다시마 건더기도 약간.

시키는 대로 군말 않고 따라한다.

① 일단 양파를 잠깐 물에 담갔다가 꺼내 그 동안 양파 때문에 흘렸던 눈물을 생각하며 인정사정없이 다진다. 거기다 소금을 확 뿌려 준다. 소금에 절여진 양파가 몸부림칠 때 한 방울의 물도 나오지 않을 만큼 비틀어짠다. 그런 후 기름기 없는 팬에서 양파가 폴짝폴짝 뛰어오를 정도로만 살짝 볶는다.

② 부추와 마른 다시마 건더기도 개구리 눈알만큼 조그맣게 썬다.

③ 넓은 그릇(대야나 밥솥은 조금 곤란하다)에 찬밥을 담고 ①, ②를 넣은 후 그 속에 짓뭉갠 두부를 함께 넣고 멀미가 나도록 뒤섞어 준다. 미숫가루를 밥숟가락(주걱은 곤란)으로 3번 퍼담아 넣어 주고 소금과 후춧가루를 뿌린다.

④ 한 덩어리가 된 모든 재료들을 앞으로 둥글렸다가 뒤로 둥글렸다가 업어치고 메친 후, 한 입에 쏙 들어갈 만한 크기로 동글납작하게 빚어서 프라이팬에 노릇노릇하게 부친다.

이것만 주의한다.

① 한번 해먹어 보겠다고 방금 한 따끈한 밥을 밥통째 동그랑땡으로 만들었다간
   가족들에게 몰매 맞는 일이 생길지도 모른다.

② 입이 크다고 전화번호부만 한 두께로 얼굴만 하게 빚으면 밤새도록 구워도
   안 익는다.

## 맑은 날

### 정통 팥빙수 

잘게 간 얼음에 삶은 팥만 넣으면 된다. 뭐, 섭섭하다구?
그럼 우유, 인절미, 산양유, 미숫가루, 수박이나
참외, 그밖에 냉장고에 들어 있는 과일들을
몽땅 넣어 보면 어떨까?

### 퓨전 팥빙수

잘게 간 얼음 대신 꽁꽁 언 우유를 넣어 보라.
꽁꽁 언 우유를 넣으면 팥빙수, 우유가
녹기 시작하면 밀크 쉐이크.

## 땅에선 도저히 버틸 수 없어!

막상 도망쳐 나오긴 했지만 어디로 가야 할지 노빈손은 막막하기만 했다.

"그래 일단 터미널로 가자."

아침인데도 불구하고 터미널 안은 후텁지근했다. 매표소를 둘러보던 노빈손은 눈 딱 감고 한 군데를 찍어 돈을 내밀었다.

"한 장이요."

표를 받고 차 시간을 확인해 보니 오전 8시 40분 출발이었다. 터미널 안의 커다란 시계는 8시 10분을 가리키고 있었다.

'아직 좀 여유가 있는걸.'

노빈손은 차 안에서 볼 신문을 한 장 사고 터미널 안을 어슬렁거리며 여기저기를 둘러보았다.

터미널 안에는 극장, 스포츠 센터를 비롯한 여러 오락 시설은 물론, 쇼핑 시설까지 없는 게 없었다.

노빈손은 시간도 보낼 겸 전자오락실에 들어가 오토바이를 탔다. 그러나 마음처럼 잘 되지 않았다. 마음은 폭주족인데 몸은 굼벵이족이었다.

여기저기 벼랑을 들이받다가 마침내 오토바이를 박살낸 노빈손은 머쓱하게 일어서며 들으라는 듯이 한마디했다.

"1500cc 이하는 속도가 안 나서 못 타겠다니까. 더운데 팥빙수나 먹으러 가야겠군."

노빈손은 옆에 있는 제과점으로 들어갔다.

"여기 팥빙수 하나요!"

테이블에 앉아 기다리는 동안 얼음 가는 소리가 들려왔다.

슥삭슥삭 슥삭슥삭.

그 소리만으로도 더위가 반쯤은 가신 것 같았다. 입 안 가득 군침이 돌았다. 얼음 위에 팥과 여러 종류의 과일들이 먹음직스럽게 수북이 얹혀져 있는 팥빙수를 보자마자 노빈손은 금세 기분이 좋아졌다.

'히야, 너무 시원하다.'

한입, 한입 먹을 때마다 노빈손을 싸 안고 있던 더위가 한 조각, 한 조각 날아가는 것 같았다.

"으~ 시원하다. 근데 머리가 왜 이렇게 띵하지? 으으윽. 혹시 팥빙수에 약이라도… 날 새우잡이 배에 팔아 넘기려구… 난 뱃멀

미도 심하고 마늘도 못 까는데……."

노빈손이 고통스러운 나머지 얼굴을 일그러뜨리며 중얼거렸다. 그러자 옆에서 가만히 듣고 있던 아저씨가 껄껄껄 웃으며 한마디 했다.

"학생, 그건 갑자기 입 속에 차가운 음식이 들어가서 뇌가 놀라 그런 거라네. 새우잡이 배라니… 하하하!"

'에?'

무안해진 노빈손, 얼굴을 파묻은 채 팥빙수를 닥닥 비우고 일어 섰다.

냉방 장치가 잘 된 곳에 오래 있 다 보면 두통이나 복통, 눈의 피 로, 피부 건조, 몸살 기운 등의 증상이 나타난다. 그 이유는 첫 째 환기 부족으로 건물 내에 유 해 물질이 쌓였기 때문이고, 에 어컨은 습기 제거의 효과가 커서 공기를 건조하게 만들므로 호흡 기의 기능을 저하시켜 감기 등의 호흡기 질환을 일으키기 때문이 다.

## 참을 인(忍) 자 셋으로도 볼일은 못 면한다

시원한 공기를 가득 품은 고속버스에 올라탄 노빈손은 행복한 미소를 지었다.

'이제야, 좀 살 것 같다.'

창가 자리에 앉은 노빈손은 그 시원함과 쾌적함에 마음이 흡족 해져서 의자를 뒤로 젖히고 '흠흠' 몇 번 큰기침을 해보았다.

사람들이 하나 둘씩 자리를 채우고, 버스의 문이 닫히더니 드디 어 차가 출발했다.

'푹푹 찌는 더위여, 안녕! 터질 것 같은 서울이여, 안녕!'

어느새 버스는 서울을 벗어나고 있었다.

변은 입에서 항문까지 약 8m의 거리를 하루 정도 걸려서 온다. 입에서 항문까지 오는 중간에 직장에 이르게 되면 조만간 대변을 내보낼 것이라는 신호를 하게 된다. 이것이 바로 배변 전의 통증인 것이다. 배가 고플 때 뱃속에서 꼬르륵거리는 것처럼 말이다. 그러나 볼일을 보기 전에 자주 배가 아프고 불쾌감을 느낀다면 스트레스 때문일 수도 있으며 짜거나 매운 음식을 너무 많이 먹어서일 수도 있다.

냉방 시설이 확실한 차 안에서 내리쬐는 햇살을 보는 것은 뜨겁지도 짜증스럽지도 불쾌하지도 않았다. 햇볕 아래의 나무와 풀잎들이 싱그럽고 아름답게만 느껴졌다.

여유로운 마음으로 입가에 미소를 머금고 있던 노빈손은 하품을 연달아 해대더니 스르르 잠이 들고 말았다.

얼마나 지났을까. 노빈손은 얼굴을 찡그리며 잠에서 깼다. 배가 살살 아파 왔기 때문이다.

'아이고 배야, 왜 이렇게 배가 아프지?'

노빈손은 아랫배를 살살 어루만지며 복통이 가라앉기를 기다렸다. 하지만 통증은 점점 더 심해져 왔다.

'참자!'

노빈손은 창밖을 보면서 다른 생각을 해보았다.

'말숙이는 지금 뭘 하고 있을까?'

창밖으로 말숙이의 얼굴을 그려 보던 노빈손.

'으아, 배 아파!'

노빈손은 주먹을 불끈 쥐었다. 등에서 식은땀이 흐르기 시작했다.

'참자, 조금만 참아.'

배는 더 아파오는데 에어컨 바람은 놀리기라도 하듯 태풍처럼 불어오고 있었다. 조금 전까지 노빈손을 천국으로 데리고 가 주었던 에어컨 바람이 이제는 노빈손을 지옥 문턱에서 밀어 버리기라도 할 것같이 덤벼들고 있었다.

'무슨 에어컨을 이렇게 세게 틀어 놔!'

노빈손은 이를 악물었다.

'참자, 참아. 곧 휴게소가 나올 거야, 곧.'

그러나 노빈손이 기다리는 휴게소는 나타나 주지 않았다. 차는 아랑곳없이 막힘 없는 고속도로를 신나게 달리고 있었다.

노빈손의 팔에는 소름이 쫙 돋았고 잔털들이 바짝 일어서서 파르르 떨고 있었다.

'으아아아, 도저히… 도저히 안 되겠다. 더 이상은 참을 수가 없어.'

노빈손은 사회적 체면을 가차없이 던져 버리고 부끄러움을 무릅쓴 채 운전석 쪽으로 걸어 나갔다. 다리를 비비 꼰 채로.

"저 아저씨, 휴게소 아직 멀었나요?"

곁눈질로 노빈손을 보던 운전사 아저씨가 퉁명스럽게 대답했다.

"한 20분은 더 가야 되는데요."

순간 노빈손의 눈앞이 깜깜해지고, 온몸이 뻣뻣하게 굳어오는 것 같았다.

"저, 아저씨! 차 좀 세워 주세요."

노빈손은 최대한 슬픈 눈빛으로 운전사 아저씨를 바라보며 말했다.

"여기선 차 못 세우는데요."

거의 애원에 가까운 노빈손의 부탁에도 불구하고 아저씨의 음성은 에어컨 바람처럼 냉랭하기만 했다.

**냉방병에 안 걸리려면**

실내 온도가 25℃ 이하로 내려가지 않도록 하고 30분이나 1시간 간격으로 환기를 시켜 준다. 또한 실내외의 온도 차이가 5℃ 이상 벌어지지 않도록 하고 에어컨의 찬바람이 신체에 직접 닿지 않도록 얇은 긴팔 옷을 입는 것이 좋다. 비타민이 풍부한 과일을 많이 먹는 것이 좋고 따뜻한 물이나 차를 마셔 수분을 충분히 섭취하는 것도 필요하다.

여름엔 찬 음식을 많이 먹기 때문에 장의 기능이 저하되어 설사가 자주 발생한다. 이럴 땐 유산균을 많이 먹으면 좋은데 유산균은 각종 병원균이 자라는 것을 막고 물질의 독성을 제거하며 비타민의 합성을 도와 장의 기능이 튼튼해지도록 한다.

"아저씨 제발 잠깐만, 잠깐만 세워 주세요. 너무 급해서 그래요. 잠깐만요."

부릉 끼익!

견디기 힘들어진 노빈손의 눈물 없인 들을 수 없는 애절한 호소에 고속버스는 급히 멈춰 섰다. 노빈손은 앞뒤 볼 것도 없이 뛰어내려 자신을 가려 줄 만한 곳으로 냅다 뛰었다.

'잠깐만, 잠깐만 견뎌다오.'

커다란 나무 밑에 도착한 노빈손은 이것저것 잴 겨를도 없이 털퍼덕 앉아 볼일을 봤다. 잠시 노빈손의 몸에서 '우르르 쾅쾅' 벼락과 천둥이 치는 것 같았다.

"휴우~."

한숨까지 내쉬며 볼일을 보고 있는 노빈손의 머리에 문득 스치는 생각이 있었으니…….

'산이나 풀밭 같은 데선 함부로 볼일 보면 안 되는데, 혹시 어젯밤에라도 들쥐가 이곳을 지나갔다면… 으악, 유행성 출혈열…….'

노빈손은 갑자기 든 생각에 몸을 부르르 떨었다. 들쥐의 분비물에 의해 감염이 된다는 유행성 출혈열로 사람이 죽을 수도 있다는 얘기를 들은 적이 있었던 것이다.

'하지만 유행성 출혈열은 건조한 날씨에만 생긴다고 했으니까 지금은 괜찮겠지…….'

악몽 같은 순간이 지나가고 위기를 넘긴 노빈손에겐 하늘이 더욱 푸르게 보였다.

노빈손은 흙과 풀잎으로 대충 덮어 놓고 다시 버스가 있는 곳으로 급히 달렸다.

부릉 부릉~.

그러나 이게 웬일인가! 50미터쯤 앞에 서 있던 버스가 포효를 하는가 싶더니 달려가는 노빈손을 뒤로한 채 홀랑 떠나 버리는 것이 아닌가!

"안 돼! 잠깐만! 서요! 거기 서라니까!"

노빈손의 한맺힌 절규에도 불구하고 버스는 매정하게 달아나 버렸다. 다리에 가속도가 붙어 멈추지도 못하고 버스가 있던 곳까지

얼음은 소변 냄새를 없앤다.
소변을 보면 암모니아 기체가 날아다니면서 냄새를 풍긴다. 그러나 변기에 얼음을 넣어 두면 암모니아 기체가 얼음이 녹으면서 암모니아수가 되어 멀리 퍼지지 못하기 때문에 냄새가 별로 나지 않게 된다.

여름은 온도와 습도가 미생물이 자라기에 가장 좋은 상태이다. 날씨가 덥고 습하다 보니 수분 섭취가 자연히 증가하게 되어 위에서 나오는 산이 묽어지게 되기 때문에 외부로부터 들어오는 미생물에 대한 체내 살균력이 떨어져 식중독 발생률이 높아지는 것이다.

달려온 노빈손. 그리고 그 자리에서 외롭게 자신을 기다리고 있는 낯익은 배낭.

"짐만 헌신짝같이 던져 놓고 가면 다야? 내 차비 내놔!"

노빈손은 애꿎은 허공에 대고 빽 소리를 질렀다.

## 나의 죽음을 알리지 마라

노빈손은 자신을 매정하게 버려 두고 간 버스를 원망하며 처진 어깨로 논두렁을 걸었다.

'그놈의 팥빙수가 문제야 문제. 에어컨은 왜 그렇게 세게 틀어 놓은 거야? 그럼 그렇지, 내 복에 무슨 에어컨이야.'

노빈손은 새삼 집에 있는 선풍기가 그립기까지 했다. 미우니 고우니 해도 한여름밤 그 선풍기를 차지해 보려고 가족들과 얼마나 암투를 벌였던가?

'그나저나 이젠 도대체 어떻게 해야 하지?'

노빈손은 갑자기 막막해졌다. 도대체 어딘지도 모르는 시골길에 덩그러니 남겨져 있으니 막막하기 그지없었다.

"그래, 일단 걷고 보자. 걷다 보면 뭐라도 나타나겠지."

노빈손은 먼지가 풀풀 날리는 찻길가를 터덜터덜 걸었다. 정말 바람 한 점 없는 뜨거운 날씨였다.

매앰매앰맴맴.

이렇게 더운데도 매미는 구애 작전에 여념이 없었다. 지나가는 사람 하나 없는 시골길에 누굴 보라고 피었는지 이름 모를 노란 꽃들이 만발해 있었다.

벌써 몇십 분째 뜨겁게 내리꽂는 햇볕을 고스란히 받고 있는 노빈손의 온 몸은 땀으로 흠뻑 젖어 있었다.

'이럴 때 에어컨 바람이 빵빵한 은행이라도 나타나 준다면 얼마나 좋을까? 거기서 한 10분만 앉아 있다가 나오면 좀 살 것 같을 텐데…….'

거기까지 생각하다가 노빈손은 머리를 저었다.

'그렇게 당하고도 정신을 못 차리다니! 노빈손, 너 아까 차 안에서 괴롭던 시간들을 생각해 봐. 그래도 에어컨이 그립다고 할래?'

노빈손은 그렇게 스스로를 질책하면서 터벅터벅 시골길을 걸었다.

얼마나 걸었을까? 노빈손의 눈앞이 부옇게 흐려졌다. 어질어질하며 다리의 힘이 풀리는가 싶더니 하늘이 노랗게 보였다.

"일사병에 걸렸나 봐, 이러다 죽을 수도 있다는데… 아, 목말라. 아, 어지러워!"

노빈손은 정신이 점점 아득해져 오고 자꾸 눕고만 싶었다.

'아, 안 되겠다. 나무 밑에라도 좀 앉았다가 가야지.'

노빈손은 휘청거리는 다리를 이끌고 길가 옆에 푸른 잎사귀를 주렁주렁 늘어뜨린 나무 밑으로 갔다. 그런데 이게 웬 떡인가? 나무 밑엔 바구니가 하나 놓여져 있고 그 안에는 마실것이 담겨 있는

게 아닌가. 노빈손은 이것저것 생각할 겨를도 없이 병을 들고 그 음료수를 벌컥벌컥 마셨다.

"으아, 이제 좀 살 것 같다."

좀 쉬어갈 요량으로 나무에 기댄 채 손부채질을 하며 주변을 둘러보았다.

'정말 끝내주는 날씨다. 사람은 콧배기도 안 보이네… 근데 왜 이렇게 몸이 가렵지?'

노빈손은 계속 주변을 두리번거리며 생각없이 온 몸을 벅벅 긁어댔다.

"어, 이상한데?"

팔을 내려다본 노빈손은 눈이 휘둥그레지고 말았다. 팔이 흉할 정도로 벌겋게 부어올라 있었던 것이다.

"왜 이렇지?"

노빈손은 깜짝 놀라 팔을 막 쓰다듬어댔다. 그러나 그러면 그럴수록 팔은 점점 더 부어올랐다. 어쩔 줄 몰라 하며 허둥대는 노빈손의 눈에 좀 전에 먹은 음료수 병이 들어왔다.

'그럼 이 병에 들어 있던 게 농약?'

노빈손은 입 속에 손가락을 넣고 헛구역질을 시작했다.

"우웩, 우웩."

피가 쏠려 얼굴이 벌겋게 달아올랐다. 노빈손은 자신의 등을 막 쳤다. 그러나 농약은 안 넘어오고 애꿎은 침만 질질 흘렀다.

"이온 농약인가 봐. 몸속에 그대로 흡수됐어……"

노빈손은 그만 울상이 되고 말았다. 자전거 피하려다 똥차에 치여 죽는다고 노빈손이 딱 그 짝이 나고 말았다.

'아, 이럴 수가 하늘도 무심하시지.'

노빈손의 눈앞으로 지난 20년의 세월이 파노라마처럼 펼쳐졌다.

이대로 죽을 순 없었다. 아무도 없는 무인도에서도 살아남은 노빈손이 아니었던가? 그렇게 악착같이 살아나서 겨우 농약 잘못 먹어 죽다니…….

노빈손은 다시 손가락을 입 속에 집어넣었다. 눈물이 찔끔 나왔다.

"우웩, 우웩."

"뭐 하는 거유?"

노빈손은 손가락을 입에 문 채 눈물이 그렁그렁 맺힌 눈으로 소리나는 곳을 올려다보았다. 작달막한 아주머니 한 분이 호기심 어린 눈으로 노빈손을 빤히 내려다보고 계셨다. 아주머니를 보자 노빈손은 왈칵 울음이 쏟아졌다.

"학생, 지금 뭐 해유?"

노빈손은 말없이 농약이 들어 있던 병을 바라보았다. 노빈손의 시선을 좇다가 빈 병을 발견한 아주머니.

"이걸 누가 다 먹었지? 학생이우?"

노빈손은 울먹이며 말없이 고개를 끄덕였다.

"아유, 내가 마시려고 가져온 건데… 괜찮유, 뭐 먹을 수도 있지."



걸을 때 가장 햇볕을 많이 받는 부분은 머리이다. 그렇다면 머리에 열을 덜 받으면 조금이라도 덜 덥지 않을까?
곱슬머리는 햇볕이 머리 피부에 직접 닿지 않는다. 그 이유는 머리카락과 머리 피부 사이에 공간이 있기 때문이다. 또 그 공간으로 공기가 잘 통하기 때문에 머리 피부에서 나오는 땀을 잘 증발시킨다. 그러니 생머리보다 훨씬 덜 더울 수밖에.

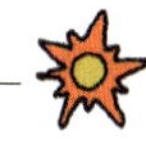

일반인들 중에 식품 알레르기를 경험하는 사람은 전체의 10%인 데 비해, 부모 양쪽이 모두 식품 알레르기를 가진 경우 자녀가 식품 알레르기를 갖게 될 확률은 73%이고, 부모 중 어느 한쪽만 식품 알레르기를 가진 경우 자녀가 식품 알레르기를 갖게 될 확률은 30%인 것으로 보아 알레르기도 유전이 가능하다는 사실을 알 수 있다.

"네?"

노빈손의 눈이 동그래졌다. 이 아주머니 무슨 말을 하는 건가? 죽으려면 자기나 죽지. 뭐, 괜찮다고?

"괜찮긴 뭐가 괜찮아요. 앞길이 구만 리 같은 이팔청춘인데!"

노빈손은 아주머니에게 벌컥 화를 냈다. 아주머니는 어이가 없다는 듯 노빈손을 보며 말했다.

"무슨 소린지 통 모르겠구먼. 남의 복숭아 주스를 몰래 먹어 놓구 되려 화를 내네그려?"

"복숭아 주스요? 농약이 아니라요?"

노빈손이 어리둥절해져서 물었다.

"농약은 무슨 농약. 벼에 농약 뿌리는 것도 맘 상해 죽겠구먼."

"그럼 이건 뭐예요?"

노빈손은 벌겋게 부어오른 팔을 아주머니에게 내밀었다. 내민 팔을 이리저리 살펴보던 아주머니가 말했다.

"이거 두드러기구먼."

"네, 두드러기요? 제 팔에 난 게 두드러기란 말이에요?"

노빈손의 말꼬리가 찍 올라갔다.

"벅벅 긁었구먼. 이렇게 퉁퉁 부어오른 걸 보니께. 복숭아 첨 먹어 보남? 복숭아 알레르기가 있었던 것도 몰랐어?"

노빈손의 눈은 어느새 환희에 차 있었다.

'야호, 살았다. 오 신이시여, 역시 아까운 인재를 알아보시고, 쉽게 데려가지 않으시는군요. 정말로 현명하신 선택이십니다. 참으

로 훌륭하십니다.'

노빈손은 하늘을 향해 몇 번이고 절을 했다.


### 이거 아주 특이한 맛인걸


두드러기나 가라앉거든 가라는 말에 노빈손은 염치 불구하고 아주머니를 따라나섰다.

아주머니는 노빈손과 함께 걸으면서 두드러기에 대한 이야기를 나누었다.

"거, 두드러기라는 게 한번 생기면 똑같은 음식을 먹을 때마다 계속 피부가 불그러질 거유. 앞으로는 복숭아 종류는 안 먹는 게 좋겠구먼."

"명심하겠습니다, 아주머니."

노빈손은 아주머니에게 경례 자세를 취해 보였다.

걸으면서 보니 팔과 다리에 올라 있던 두드러기의 붉은 기운이 조금씩 옅어지고 있었다.

쓸데없는 일에 기운을 빼서인지 노빈손의 등줄기에 또 땀이 흐르기 시작했다. 땀을 삐질삐질 흘리고 있는 노빈손과는 대조적으로 아주머니는 별로 더운 것 같지 않았다. 더군다나 아주머니는 더워 보이는 검은색 옷을 입고 있는데… 노빈손이 알기로는 검은색은 빛을 잘 흡수하기 때문에 더 더울 텐데 말이다.

여름 불도 쬐고 나면 섭섭하다.
−쓸데없는 것도 없어지면 서운하다.
여름에 하루 놀면 겨울에 열흘 굶는다.
−미리미리 준비하지 않으면 나중에 고생한다.
장마 도깨비 여울 건너가는 소리 한다.
−무언가를 웅얼웅얼 들리지 않게 원망하는 소리.

61

개에게는 땀을 분비하는 땀샘의 하나인 에크린선이 발달되어 있지 않아 땀을 잘 흘릴 수 없다. 그래서 입을 벌려 혀와 호흡을 통해 열을 발산하는 것이다. 요즘은 애완견을 매일 목욕시키는 일이 많은데 이는 개의 건강을 위해 좋지 않다. 개의 피부층은 사람에 비해 얇기 때문에 외부 자극에 대해 금방 손상되는데, 그나마 땀 분비가 잘 안 되는 상황에서 목욕을 자주 시켜 개의 땀샘인 에포크린선이 손상되면 개에게 해롭다.

"아주머니, 안 더우세요?"

"아유, 안 덥기는… 이렇게 햇볕이 쨍쨍 내리쬐는데…….'

아주머니는 손사래를 치며 말했다.

"근데 왜 덥게 검은색 옷을 입고 계세요?"

"이 학생이 뭘 잘 모르는 모양이구먼. 검은색 옷을 입으면 땀이 금방 마르니께 더 시원하구먼. 게다가 바람이 옷 속으로 솔솔 불어온다니께."

정말 그랬다. 검은색은 햇빛을 잘 흡수하니까 땀이 금방 말라 더 시원하게 느껴질 수도 있을 것이다. 하지만 옷 속에 바람이 분다는 건 무슨 말인가?

노빈손은 잠시 생각에 빠졌다.

"검은색 옷 속으로 바람이 분다고? 왜지? 바람은 공기의 온도가 다를 때 부는 건데…….'

혼자 중얼중얼거리는 노빈손을 의심스러운 눈으로 바라보시던 아주머니는 복숭아 주스가 담겨 있던 병을 들여다보며 고개를 갸우뚱거렸다.

'진짜 농약이 들어 있었던 거 아니야? 아무래도 저 학생의 상태가…….'

아주머니의 집에 도착하니 할머니 한 분이 평상에 앉아 점심을 먹고 있었다.

"안녕하세요?"

노빈손이 넙죽 인사를 하자 할머니가 놀란 얼굴로 물었다.

"뉘시냐?"

"네, 서울서 여행 온 대학생이라는데요……."

아주머니가 자초지종을 이야기하자 할머니는 측은한 얼굴로 노빈손을 보며 혀를 끌끌 찼다.

"거 참, 젊은 사람이 복숭아 주스 좀 먹었다고 그 모양이라니, 쯧쯧쯧. 그게 다 몸이 허해서 그런 거지. 잘됐네그려, 마침 점심을 먹으려던 참인데 한술 먹고 가게."

노빈손의 얼굴이 환하게 밝아졌다.

"잘 먹겠습니다."

'예의상 거절'이라는 것을 모르는 노빈손은 넙죽 인사를 하고는 아주머니가 가져다 준 밥과 국을 후르륵 쩝쩝 소리를 내면서 맛있게 먹었다. 노빈손은 변죽 좋게도 처음 보는 할머니, 아주머니와 마주 앉아 마치 한 식구라도 되듯이 다정하게 이야기를 나누며 식사를 했다.

"이렇게 평상에서 밥을 먹으니까 외할머니댁에 놀러갔던 생각도 나고 너무 좋아요."

"그려, 여름에는 뭐니뭐니 해도 평상이 젤 시원허지. 밑에서 바람이 솔솔 불어오는 게."

할머니의 얘기를 듣고 있던 노빈손은 갑자기 먹던 숟가락으로 밥상을 쳤다.

"그렇군!"

부채는 바람을 잘 일으키도록 만들어진 도구이다. 작은 움직임으로 공기의 운동을 크게 일으키도록 고안된 것이다. 부채는 보통 방사선 모양으로 중심에서 퍼져 나가는 모양인데 그 이유는 손에서 힘이 분산되어 넓은 범위에 영향을 미치도록 하기 위해서이다. 우리가 흔히 쓰는 부채는 고려시대 사람이 처음 만들었다고 한다.

그제서야 노빈손은 검은색 옷의 비밀을 풀게 된 것이다. 뜨거운 공기는 위로 올라가기 때문에 평상 틈새로 바람이 올라왔던 것이다. 검은색도 옷 속이 열을 받아 바깥보다 온도가 올라갔기 때문에 그 뜨거운 공기들이 위로 올라간 것이다. 물론 다시 차가운 공기가 옷 속으로 들어갈 테고. 그러니 옷 속으로 바람이 불었던 것이다.

"말하자면 대류 현상이군."

밥 먹다 말고 혼자 중얼거리는 노빈손을 보며 할머니와 아주머니 사이에 이상한 눈빛이 오갔다. 노빈손을 측은해하는 눈빛 같기도 했다.

하지만 아까의 의문이 풀려 흐뭇해진 노빈손은 아랑곳하지 않고 땀을 뻘뻘 흘리며 게걸스럽게 먹어댔다. 할머니는 땀을 흘리는 노빈손이 안스러웠는지 부채를 연신 부쳐 주셨다.

입 안 가득 밥을 문 채 밥알을 튀겨대며 노빈손이 다시 또 입을 열었다.

"이 고깃국 맛이 아주 특이한데요? 이런 맛은 처음이에요."

"학생이 맛을 좀 아는구먼. 많이 먹어. 몸도 허약한 거 같은데……."

배가 불러진 노빈손은 그제서야 집 안 여기저기를 둘러보았다. 집 안을 둘러보다 보니 외할머니댁에 갔을 때처럼 아련한 기분에 빠져 들었다. 개울가에서 친구와 가재 잡던 일, 쥐불놀이 하던 일, 그리고 사자처럼 마을을 어슬렁거리던 누런 똥개들을 놀려 주던 일 등이 순서 없이 머리를 스쳐 지나갔다.

그러고 보니 그 집 마당에도 커다란 개집이 보였다.

"개를 키우시나 봐요. 시골 개들은 묶어 놓질 않으니까 온 동네가 다 자기 집인 것처럼 굴죠?"

"잘도 아는구먼. 그렇게 온 동네를 쏘다니며 이집 저집에서 밥을 얻어먹고 컸으니 나중에 동네 사람들에게 그 은혜를 갚아야지."

은혜를 갚는다는 말에 노빈손은 고개를 갸웃거리다가 물었다.

"개가 어떻게 은혜를 갚아요?"

"개가 가진 게 뭐 있나, 몸뚱아리 하나뿐이지."

체념조의 할머니의 말을 듣고 문득 이상한 기분에 사로잡힌 노빈손.

"개 한번 보고 싶은데, 안 들어오네요. 제가 개를 좋아하거든요."

"아까 보니까 진짜 좋아하더구먼."

아주머니가 싱긋 웃으며 말했다.

"아까도 있었어요? 전 못 봤는데……."

노빈손이 천진난만한 얼굴로 물었다.

"아까 두 그릇이나 먹어놓구선. 어제가 복날이었잖여. 누렁이 녀석 그렇게 먹는 걸 밝히더니 토실토실 살이 올라서 동네 사람들이 한 그릇씩 다 먹고도 꽤 남았지. 잘 먹길래 많이 먹어 본 줄 알았더니 아니었구먼! 원래 처음엔 잘들 못 먹던데……."

노빈손의 표정이 점점 일그러지기 시작했다. 아주 잠깐 동안 노빈손은 아무 말 없이 하늘을 올려다보았다. 노빈손의 눈앞을 가득

메우며 떠오르는 한 번도 본 적 없는, 그러나 낯익은 듯한 누렁이

의 모습……

"우웩! 우웩!"

노빈손은 갑자기 울렁거리는 속을 주체하지 못하고 헛구역질을

하며 뒷마당으로 부리나케 뛰어갔다.

"저런, 저런, 괜한 말을 해줬구먼. 젊은 사람이 저렇게 비위가 약

해 가지고서야… 그러게 내가 뭐래, 몸이 허해서 그런 거라지."

할머니의 중얼거림을 뒤로한 채 노빈손은 허공에 대고 계속해서

헛구역질을 해댔다.


## 오징어가 목적은 아니었어


아주머니와 할머니의 배웅을 받으며 노빈손은 다시 길을 떠났다. 그러나 노빈손의 마음은 무거웠다. 여행을 시작한 지 얼마 되지도 않아 배탈이 안 나나, 일사병에 안 걸리나, 두드러기가 안 생기나, 멍멍이 탕을 먹지 않나. 노빈손에게 점점 후회가 밀려왔다.

'이럴 거였으면 엄마한테 그냥 잔소리 몇 마디 듣고 마는 건데……'

떠나올 땐 그래도 뭔가 근사한 여름날의 추억을 기대했었는데, 여행에서의 낭만적인 일들이란 영화 속에서나 있는 일이란 생각이 들었다.

'그냥 집으로 돌아갈까? 아니야, 그래도 아직은 안 돼.'

축 처진 노빈손의 어깨 위로 바람이 쏴아 하고 불어왔다.

'에이, 무슨 바람이 이렇게 끈적거리고 찝질하냐? 이건 또 무슨 냄새야?'

기분도 별로 상쾌하지 않은데 끈적이는 바람까지… 노빈손은 코를 킁킁대며 괜히 짜증을 냈다. 그러다 생각해 보니 이건 움직일 수 없는 정거, 아니 증거였다.

"바다다, 바다!"



**더운 사막의 집벽은 왜 두꺼울까?**

사막의 집들은 벽이 두껍다. 그것은 사막의 높은 기온과 큰 일교차와 관련이 있다.

에너지의 이동은 뉴턴의 법칙에 의하면 벽이 넓을수록, 온도 차이가 클수록, 벽의 두께가 얇을수록, 긴 시간이 경과할수록 커진다고 한다. 그렇기 때문에 높은 기온과 큰 일교차를 줄이려면 에너지의 이동을 적게 하여 실내를 일정한 온도로 유지해야 한다. 즉, 단열효과가 필요하다. 그래서 사막의 집은 벽면은 좁고 벽의 두께는 두꺼운 것이다.

눈에 자외선이 들어오면 눈의 수정체에 있는 고분자를 절단해 버린다. 병렬로 규칙적으로 연결된 고분자이기 때문에 수정체가 투명하고 빛을 잘 통과시키는 것이다. 자외선에 의해 절단되면 고분자는 분해되어 흩어져 빛을 통과시키지 못하게 된다. 얼음은 투명하지만 이것을 산산이 부수면 불투명하게 되는 것과 같은 원리이다.
선글라스를 쓰지 않고 해안에서 생활하는 사람에게는 백내장이 많고 눈은 흐려져 보이지 않게 된다.

언덕을 돌자 멀리 수평선이 보이고 철썩이는 파도 소리와 끝없는 모래사장이 눈앞에 나타났다.

사람들이 여기저기서 공놀이도 하고 물놀이도 하는 모습이 너무나 즐거워 보였다. 노빈손은 감격에 눈물이 날 지경이었다.

'아, 이 얼마나 그리던 바다인가! 그 많은 시련들을 모두 이 바다에 던져 버리고 가리라!'

노빈손은 백사장을 향해 미친 듯이 뛰어가며 소리쳤다.

"바다여, 내가 왔노라!"

이번엔 좀 오버하는 것 같았다.

노빈손은 탈의실로 뛰어가 잽싸게 수영복으로 갈아입었다. 너무 급하게 나오느라 할 수 없이 빨랫줄에서 집어온 아버지의 사각 수영복으로.

노빈손은 거울에 자신을 비춰 보았다.

"음 약간 마른 감은 있지만, 그래도 멋있어. 여자들의 시선을 한 몸에 받을 만하지."

자아도취에 빠지는 시간을 잠시 가진 노빈손, 보무도 당당하게 바닷가로 향했다. 비키니를 입은 아름다운 아가씨들이 깔깔거리며 노빈손 앞을 지나갔다.

'아, 선글라스를 가지고 오는 건데… 안타깝다.'

물론 노빈손의 의도는 자외선 때문이 아니라 지나가는 여자들을 눈치 안 보고 잘 구경하고 싶어서였다.

"할 수 없지. 자, 그럼 수영을 한번 해볼까?"

우아한 자태로 바닷물에 들어가려던 노빈손의 머리를 언뜻 스치고 지나가는 게 있었으니…….

'그렇지, 준비운동을 해야지.'

사람들의 눈을 의식하며 숨쉬기와 팔돌리기를 한 노빈손.

'자, 이제 들어간다!'

어깨를 으쓱해 보이는 순간, 노빈손의 시선은 한 곳에 고정되고 말았다. 대각선으로 보이는 파라솔 밑에 비키니 수영복을 입은 한 여자가 요염한 자세로 앉아 있었던 것이다. 긴 생머리, 까만색 선글라스, 볼륨 있는 몸매, 가늘고 긴 다리…….

무엇 하나 흠 잡을 데 없는 훌륭한 모습이었다.

'내가 지금 수영을 할 때가 아니지.'

노빈손은 그녀가 누워 있는 파라솔 가까이로 갔다. 걸으면서 둘러보니 그녀뿐 아니라 멋진 몸매의 많은 여자들이 바닷물에 들어갈 생각은 안 하고 모래사장 여기저기에 드러누워 있었다.

'태닝들을 하는 모양이군. 피부에도 좋지 않은 걸 왜들 저렇게 기를 쓰고 하는지…….'

슬금슬금 멋진 몸매의 여자 근처로 다가간 노빈손, 시선을 다른 곳으로 돌리는 척하다가 그녀를 돌아보았다. 순간, 파란색 비키니 수영복의 그녀와 눈이 마주쳤다.

노빈손은 당황한 나머지 아주 어설프게 헤죽 웃었다.

'깜짝이야, 근데 나를 본 거 맞나? 선글라스를 끼고 있으니 도통 알 수가 있어야지.'

현대적인 수영복이 탄생한 것은 1925년인데 그후 태닝이 시작되고 전쟁으로 인해 물자가 부족해지면서 수영복의 길이는 조금씩 더 짧아지고 대담해졌다. 1946년 프랑스에서 개발한 '비키니' 수영복은 그 파격적인 디자인 때문에 '비키니 섬'에서 있었던 원자폭탄 실험의 위력에 빗대어 이름붙여진 것이다.

1. 햇볕이 강한 오전 10시부터 오후 2시는 피한다.
2. 한 번에 50분 이상을 해선 안 된다.
3. 날씨는 화창하고 맑은 날보다 약간 구름이 있는 날이 좋다. 자외선은 구름을 뚫기 때문에 흐린 날이라고 해도 태닝은 가능하다.
4. 얼굴과 머리 부분은 가려 주고 자세를 자주 바꾸어서 살이 부분부분 얼룩지게 태워지지 않도록 한다.
5. 선 크림을 꼭 발라 주며 특히 물기에 젖거나 땀을 흘린 뒤에는 꼭 다시 발라 준다.
6. 태닝 도중에는 되도록 물에 들어가지 않는 것이 좋다.
7. 태닝 후에는 미지근한 물과 보디 클렌저 등을 이용해 깨끗이 샤워하여 피부를 진정시키고 필요한 수분을 공급해 준다.

그녀는 노빈손을 봤는지 못 봤는지 그다지 개의치 않는 듯 너무도 자연스럽게 몸에 오일을 발랐다.

노빈손은 안 보는 척했지만 이미 눈은 가자미눈이 되어 있었으며 온 몸의 더듬이가 그녀에게 가 있었다.

'오일 좀 빌려 달라고 해볼까?'

어떤 식으로든 말을 한번 붙여 봐야겠다고 마음먹은 노빈손은 그녀에게 가까이 다가갔다. 그리고는 용기를 내서 말을 꺼냈다.

"저, 저, 오오……."

그때였다. 저만치서 웬 덩치 좋은 남자가 그녀를 향해 손을 흔들면서 다가오는 것이 아닌가. 노빈손은 순간 멈칫했고 남자는 노빈손을 경계의 눈빛으로 쳐다보았다.

남자는 말로만 듣던 역삼각형의 몸매에 배에 왕(王) 자까지 새겨져 있었다. 팔뚝도 근육이 더덕더덕 붙어 울룩불룩 한 것이 빗맞아도 전치 10주는 나올 것 같았다. 아무래도 노빈손이 불리했다.

판단이 빠른 노빈손. 이 상황을 빨리 모면해야겠다는 생각으로 한마디한다는 게 불쑥 이런 말이 튀어나오고 말았다.

"저, 오… 오… 오징어 어디서 파는지 아세요?"

어느새 그녀 가까이 온 덩치와 그녀가 어이없다는 듯 노빈손을 쳐다봤다. 노빈손은 어색하게 미소를 지어 보였다.

"뭐야, 먹다 남은 오징어 다리같이 생겨 가지고."

그녀 대신 덩치가 퉁명스럽게 말했다.

"모르시나 보죠? 그럼……."

노빈손은 도망치듯이 그 자리를 빠져 나왔다.

'으휴, 역시 재수가 없군. 바다에 오자마자 이게 무슨 꼴이람.'

노빈손은 자신이 한심하게 느껴져 애꿎은 모래를 신경질적으로 걷어찼다. 이때, 들려오는 또 다른 소리.

"누구야?"

모래찜질을 하고 있던 아저씨의 배를 걷어찬 것이었다.

"죄송합니다. 아저씨를 못 봐서……."

"눈은 어디다 달고 다니는 거야? 조심해!"

성난 아저씨의 음성을 뒤로하고 다시 걷는 노빈손.

'어휴, 화난다, 화나! 왜 이렇게 되는 일이 없지! 그래, 바다에 왔으니 수영이나 하자. 괜히 쓸데없는 생각 하지 말고.'

노빈손은 함성을 지르며 바다로 달려가 물속으로 풍덩 빠져들었다.

모래찜질은 혈액 순환을 돕고 여러 조직의 영양 과정을 좋게 해 염증을 없애 주고 아픔을 멈추게 하는 효과가 있다. 또한 땀과 함께 노폐물을 분비시켜 신장의 기능을 돕는 역할도 한다. 뿐만 아니라 내장 기능, 특히 소화 기관의 분비와 운동을 조절하게 해 주어 음식물의 소화 흡수 과정을 촉진시키고 피부가 개선되는 데도 도움을 준다.

## 쥐가 나타났다

"역시, 여름엔 바다야!"

노빈손은 개헤엄을 쳐 보기도 하고 밀려오는 파도에 몸을 맡긴 채 하늘을 보고 누워 흥얼흥얼 노래를 부르기도 했다.

"바다가 나를 부르네, 어서 그리로 가야지, 저 푸르고 맑은 바다야. 산이 날 불러도 난 바다로 가려네, 저 맑고 푸른 바다야."

사해는 요르단과 이스라엘 국경에 있는 호수인데 여러 곳에서 물이 흘러들어오지만 흘러나가는 곳이 없다. 그런데 물은 지속적으로 증발되기 때문에 물속의 소금기는 계속해서 증가해 밀도가 한없이 높아졌다. 그래서 누구도 쉽게 뜰 수 있게 된 것이다.

혼자서 콧바람까지 내 가며 신나게 노래를 부르다 보니 뭔가 조금 이상했다.

'근데 이런 노래가 있었나?'

그러다가 다시 생각을 고쳐먹었다.

'없으면 어때. 작사, 작곡 노빈손이라고 하면 되지.'

그러고는 다시 노래를 불렀다. 노빈손은 발로 열심히 물장구를 치며 바다 위에 둥둥 떠 있었다.

아까 모래찜질을 하던 뚱땡이 아저씨가 첨벙거리며 물속으로 들어왔다. 뚱땡이 아저씨는 그 거대한 배를 내놓은 채 유유히 바다에 누웠다.

'와아, 정말 굉장한 배다! 저 출렁이는 것 좀 봐. 배가 저 정도면 무거워서 가라앉지 않나?'

노빈손은 신기한 마음에 아저씨를 계속 주목했다.

'조만간 빠질 것이다. 빠질 것이다. 빠질 것이다.'

아저씨에게 이렇듯 주문을 걸면서.

하지만 아저씨는 별로 움직이지 않고도 잘 떠 있었다.

"어, 뭐야? 나보다 잘 떠 있잖아?"

노빈손은 너무 이상했다. 그리고 기분 나빴다.

'저 아저씨가 나보다 나은 게 뭐가 있어? 비곗살 많은 거? 비곗살은 뭐지? 지방이지. 그럼 지방이 물보다 밀도가 낮은가? 낮지. 식용유 봐, 물에 둥둥 뜨잖아.'

"아, 그렇구나!"

　　혼자 묻고 답하던 노빈손은 드디어 이유를 알아냈다. 노빈손은 홍수 때 둥둥 떠내려오던 돼지들을 떠올리며 고개를 끄덕였다.

　　다시 흐뭇해진 노빈손은 바다에 누워 더없이 푸르른 하늘을 보며 마음껏 자유로움을 만끽하고 있었다.

　　그때 웬 남자가 한 마리의 물개처럼 너무도 유연하게 물살을 가르며 노빈손의 앞을 스쳐 지나갔다.

　　'히야, 굉장한데!'

　　그 남자는 검게 그을린 멋진 팔을 휘휘 돌리며 자유형으로 한 50미터쯤 가다가 다시 배영으로 50미터, 그러고는 평형으로 50미터쯤 가더니 급기야 접영까지 능숙하게 하는 것이었다. 노빈손의 눈은 계속해서 그 남자를 쫓고 있었다.

　　'쳇, 좀 하긴 하는군!'

　　괜한 경쟁심이 발동한 노빈손.

　　'나도 저만큼은 한다구.'

　　노빈손은 어린 시절 개울가에서 했던 수영법을 이리저리 짬뽕하여 있는 폼, 없는 폼을 다 잡아가며 그 남자의 뒤를 쫓았다. 어찌나 열심히 수영을 했던지 몸에서 열 기운이 느껴지고 땀이 나기까지 했다.

　　"헉헉, 물속에서도 땀이 나네."

　　노빈손은 숨이 턱까지 차올랐다. 역시 좀 무리를 한 것 같았다. 노빈손은 휘젓던 팔을 내리고 둥둥 떠서 물개 남자를 찾았다. 그 남자도 숨이 찬지 바로 앞에 둥둥 떠 있었다.



보통 사람들은 수영복을 살 때 몸매를 얼마나 잘 보완하는지에 따라 선택하지만 그보다 중요한 건 물의 저항을 얼마나 줄일 수 있을까가 아닐까?
수영선수들은 최고의 기록을 위해 실의 굵기를 가늘게 하여 마찰력을 줄이는 수영복을 입는가 하면 수영복 실 한올 한올을 압축해 더 미끄럽게 만들어 저항을 줄이기도 한다. 또 물을 튀겨내는 원단을 소재로 한 수영복을 입기도 한다.

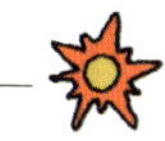

73

'하, 물개도 별 수 없군.'

그런데 좀 이상했다. 아까 활기차던 모습은 어디로 가고 얼굴을 잔뜩 찌푸리고 몹시 괴로워하는 것 같았다.

'혹시 상어가……'

쓸데없는 생각을 잠시 하던 노빈손은 너무나 궁금한 나머지 그 남자에게 다가갔다.

"수영을 아주 잘하시네요."

"저 다리에 쥐……."

그 남자는 말을 다 잇지 못하고 다리를 부여잡았다. 그러자 남자의 몸이 꼬르르 물속으로 잠겼다.

"푸하하, 하아~ 하아~."

겨우 발버둥치며 물 위로 올라온 물개 남자. 그 남자의 다리에 쥐가 난 것이었다. 바닷속에서 쥐가 나다니 얼마나 위험한 일인가?

'그렇게 무리를 하더니……'

노빈손은 옛날에 시골 형들이 하던 걸 본 기억이 났다.

"가만히 계세요. 무릎 구부리지 마시구요."

노빈손은 물속으로 잠수를 해서 물개 남자의 엄지발가락을 발등 쪽으로 힘껏 젖혔다. 그리고 종아리를 주물러댔다.

"푸하하~ 하아~ 하아~."

물 위로 떠오른 노빈손, 걱정스런 얼굴로 물개 남자를 바라보았다.

“좀 괜찮아진 것 같아요. 다리에 느낌이 오는 것 같아요.”

남자는 아까보다 훨씬 편안해진 얼굴로 말했다.

“잠깐만요.”

노빈손은 다시 물속으로 잠수를 해 이번엔 바닥까지 내려갔다. 그곳은 조금 깊은 곳이라 바닥이 그런 대로 잘 보였다. 노빈손은 바닥에서 뭔가를 찾았다.

‘어, 저거면 되겠다.’

노빈손은 깨진 조개껍데기 같은 것을 집어들고 물 위로 올라왔다.

“뭐 하시려구요?”

물개 남자는 미안하기도 하고, 고맙기도 하고 한편 궁금하기도 한 마음에 물었다.

“물속에서 쥐가 났을 땐 피를 내는 게 가장 좋은 방법이에요. 아파도 참으세요.”

노빈손은 남자의 종아리를 물속에서 건져온 조개껍데기로 냅다 찔렀다.

빨간 연기가 물속에서 모락모락 피어올랐다.

“어, 이제 정말 괜찮아졌어요.”

남자는 다리를 들어올렸다, 발장구를 쳤다, 갖은 쇼를 다하며 좋아했다.

“그러니까 수영하기 전엔 꼭 준비운동을 하셔야 합니다.”

“아 예, 명심하겠습니다. 정말 고맙습니다.”

쥐가 났을 때 아프거나 이상한 느낌이 드는 것은 종아리의 근육이 몹시 수축해 버리는, 즉 근육이 줄어들었다, 늘어났다 하는 작용이 잘 이루어지지 않게 되는 상태를 가리키는 것이다. 이런 경우에는 근육이 에너지를 많이 써 가면서 최대한 오그라져서 세차게 경련하고 있기 때문에 격한 아픔을 느끼게 되는 것이다.

바캉스는 불어에서 유래된 말로 '텅 비어 있다'는 뜻이다. 말하자면 모든 것이 다 떠나 비어 있다는 것이다. 우리나라에 바캉스가 시작된 것은 1960년대쯤이다. 바캉스가 최대의 낙인 프랑스 사람들은 1년 내내 번 돈을 가지고 5주 동안 유럽으로 바캉스를 떠난다고 한다.

물개 남자는 연신 인사를 하더니 물 밖으로 헤엄쳐 나갔다.

노빈손은 괜히 마음이 뿌듯해지고 어깨가 으쓱해졌다.

'하하하, 내가 허준 뺨치는 천하의 명의라니까.'

## 찾아라, 수영 팬티

신이 난 노빈손은 다시 열심히 물속에서 히죽거리며 헤엄을 쳤다. 그때 멀리서 꽤 커다란 파도가 이리로 향해 오고 있었다.

"와, 파도다!"

물속에서 놀던 사람들이 기겁을 하며 황급히 뭍 쪽으로 헤엄을 쳐 갔다. 하지만 아까 일로 기고만장해진 노빈손은 바다의 왕자 마린보이라도 되는 양 밀려오는 파도를 풀쩍 뛰어넘었다.

휘이익, 철썩!

파도가 한 차례 몰려가자 사람들이 지르는 비명도 파도 소리에 묻혀 버리고 파도 속에 들어갔다가 휘청거리는 사람들, 물을 먹고 허우적거리는 사람들이 잠시 정지 화면으로 노빈손의 눈에 뿌옇게 보였다. 생각보다 파도가 컸기 때문에 노빈손도 잠시 허우적거리다 물을 먹었다.

"푸하아, 푸하아."

얼굴을 쓸어내리던 노빈손, 어쩐지 아래가 허전한 느낌이 들었다. 무심코 고개를 숙인 노빈손은 깜짝 놀라고 말았다.

"허억! 이게 어떻게 된 일이지?"

노빈손은 재빨리 물속으로 쑥 몸을 집어넣었다.

거센 파도에 노빈손의 수영 팬티가 벗겨져 버린 것이었다.

'아버지 수영복을 입는 게 아니었는데…….'

노빈손은 프리킥할 때의 수비수처럼 두 손을 쫙 펴서 아래를 가리고는 눈을 떼굴떼굴 굴리며 주위를 살폈다.

'아무도 못 봤겠지? 아니, 이놈의 팬티는 어디로 간 거야?'

정신없이 두리번거리던 노빈손의 눈에 저만치 둥둥 떠 가는 낯익은 파란색 줄무늬 수영 팬티가 들어왔다. 노빈손의 것, 아니 노빈손 아버지의 것이었다.

'저기 있구나. 아이고, 저게 왜 저기 가 있는 거야.'

땅 위를 걷는 것보다 물속에서 걷기 힘든 이유는 몸이 앞으로 나아갈 때 물이 그 반대쪽으로 힘을 가하기 때문이다. 이 힘을 '물의 저항'이라고 하는데 수영할 때 이 물의 저항은 몸 주위에 형성된 물결에 의해 증가되어 수영 속도를 훨씬 더 감소시킨다.

노빈손은 반갑기도 하고 한편 야속하기도 했다.

마음 같아선 '야, 너 이리 오지 못해?' 하고 소리라도 빽 지르고 싶었지만 그런다고 제 발로 헤엄쳐 올 수영 팬티가 아니지 않은가. 노빈손은 치밀어오르는 분을 삭이며 멀리 있는 수영 팬티를 노려보았다.

'근데 저걸 어떻게 가져오지?'

노빈손은 펭귄처럼 뒤뚱거리면서 수영 팬티가 있는 곳으로 걸어갔다. 그러나 노빈손의 마음을 알 리 없는 수영 팬티는 노빈손이 걸어간 만큼씩 물결을 따라 멀어져 가고 있었다. 노빈손과 수영 팬티는 계속해서 일정한 거리를 유지했다. 콩콩거리며 뛰어 봐도 결과는 마찬가지였다.

'야, 너 누구 뉴스에 나는 거 보려고 그래? 가만히 좀 있어 주라, 가만히! 엉?'

노빈손은 마음속으로 수영 팬티에게 눈물어린 호소와 협박을 반복했지만 수영 팬티는 노빈손을 놀리기라도 하듯 두리둥실 두둥실 유유히 떠내려가기만 했다.

'도저히 안 되겠다. 이런 식으로 계속 가다간 팬티는 팬티대로 놓치고, 점점 더 깊은 데로 들어가서 물귀신 되기 딱 좋겠다.'

마음을 고쳐먹은 노빈손은 두 눈을 딱 감고 두 주먹을 불끈 쥔 뒤에 휙휙 소리를 내며 헤엄쳐 갔다.

겨우겨우 수영 팬티 앞에까지 당도한 노빈손은 안도의 한숨을 쉬었다.

‘정말, 나중엔 별일이 다 생기는군! 아무도 못 봤겠지?’

노빈손은 물속에서 수영 팬티를 다시 꿰어차 입고 이번엔 여유롭게 천천히 헤엄을 치면서 이렇게 스스로를 위로했다.

‘배영으로 간 것도 아닌데 뭐…….’

## 영웅도 명의도 놓쳐 버린 노빈손

물 밖으로 나온 노빈손은 음료수를 한 잔 마시면서 숨을 돌렸다. 애써 사람들을 무시하긴 했지만 혹시라도 누군가 수영 팬티를 찾아 바닷속을 헤매던 자신의 모습을 보았다면…….

‘으, 괴롭다.’

그 생각을 하고 있자니 노빈손의 얼굴이 저절로 일그러졌다. 웃으면서 지나가는 사람들도 예사롭게 보이지 않았다.

‘왜 웃지? 저 사람들도 아까 물속에 있었나? 날 보고 웃은 게 아닌가? 뭐야, 왜 기분 나쁘게 웃고 다니고 그래!’

노빈손은 쓴 입맛을 다셨다.

‘오늘 운세도 만만치가 않군. 바닷바람이나 쐬야겠다.’

노빈손은 멀리 바다를 응시하면서 모래사장에 멍하니 앉아 있었다. 그때 한 여자가 바닷물 속에서 자신을 향해 손을 흔들고 있는 것이 보였다.

‘누구지? 아는 사람인가?’

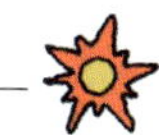



운동을 하면 땀을 흘리게 되어 소모된 수분을 바로 보충해 주어야 한다. ‘운동 중에 물을 마시지 말라’는 말은 잘못된 것으로 운동 중에도 적당히 물을 마시는 것이 피로를 빨리 회복하는 데 도움이 된다. 노인의 경우 운동 전에 물을 마시는 것이 수분 부족·현상을 예방할 수 있으므로 좋다. 심한 운동으로 땀을 많이 흘린 경우라면 소금기의 손실이 있으므로 스포츠 드링크를 마시는 것이 더 효과적일 수 있으나 보통은 찬물이나 야채즙 또는 과일즙을 마심으로써 수분을 보충할 수 있다.

무릎을 모아 팔로 감싸안고 물속에서 어느 정도 뜨는가를 보면 자신이 물에 얼마나 잘 뜨는가를 알아볼 수 있다. 이것을 '버섯뜨기' 또는 '새우등뜨기'라고 한다. 물에 뜨는 각도는 사람마다 조금씩 다른데 그것은 뼈, 근육, 지방 조직이 어떻게 분포되어 있는가에 달려 있다. 대부분의 사람은 수평에 가깝게 뜬다. 그래서 수영할 때 물과 평행을 이루어서 하는 것이다.

뒤를 돌아보았지만 아무도 없었다. 그 여자의 정체를 확인하려고 눈을 부릅떠 봤지만 도통 누군지 알아볼 수가 없었다.

노빈손은 이맛살을 찌푸리며 뚫어져라 그 여인을 바라보았다.

'혹시 아까 내가 수영 팬티를 찾아 헤맬 때 나를 본 여자가 놀리는 거 아닐까? 그게 아니면 나를 보고 반해서 한번 사귀어 보자는 은근한 몸짓?'

노빈손이 계속해서 엉뚱한 생각을 하고 있는 동안에도 여자는 끊임없이 노빈손을 향해 손을 흔드는 것이었다. 여자는 물속으로 들어갔다가 다시 나와서는 손을 흔들고, 또다시 물속으로 들어갔다가 나와서는 손을 흔들어댔다.

어찌 보면 혼자서 장난을 치는 것처럼 보이기도 했고 또 어찌 보면 노빈손을 애타게 부르는 것도 같았다.

노빈손이 의심의 눈초리를 보내고 있는 사이, 여자가 몇 번 크게 손짓을 하더니 끝내 물속으로 꼬르륵 들어가 버렸다.

"아니 저… 저… 저!"

그제서야 눈이 동그래진 노빈손은 텀벙텀벙 물을 헤치며 여자가 있는 곳으로 헤엄을 쳤다. 여자는 물에 빠진 채 살려달라고 손을 흔들었던 것이다.

'제발 내가 갈 때까지 조금만 기다려요.'

노빈손의 가슴은 쿵쾅쿵쾅 다듬이질을 하는 것 같았다. 마음이 급해진 노빈손은 덮어놓고 물속으로 뛰어들어갔다.

'아니지, 아니지. 이럴수록 침착해야지.'

노빈손은 급히 물 밖으로 다시 나왔다. 그러고는 옆에 있는 커다란 튜브를 들고 다시 물속으로 들어갔다.

"아니, 이것 봐요!"

튜브 주인의 외침에도 아랑곳하지 않고 노빈손은 열심히 헤엄을 쳐서 여자가 있는 곳으로 갔다. 다행히 그리 깊은 곳은 아니었다. 여자는 겁을 먹어서인지 몹시도 허우적거리고 있었다.

노빈손을 발견한 여자는 아니나다를까 노빈손에게 미친 듯이 매달렸다. 대단한 힘이었다. 까딱 잘못하다간 같이 물속으로 끌려들어갈 판이었다. 튜브를 가져오길 천만다행이었다.

"날 잡지 말고 이걸 잡아요."

노빈손이 튜브를 건네며 소리쳤다. 하지만 여자의 귀엔 아무것도 들리지 않는 것 같았다. 안 되겠다 싶어진 노빈손이 여자의 손목을 꽉 잡고 튜브를 잡도록 이끌었다. 노빈손은 여자의 뒤쪽에서 한 손으로는 여자를 들다시피 하고 또 한 손으로는 튜브를 밀면서 열심히 뭍 쪽으로 발차기를 했다.

긴장이 풀려서였을까, 여자는 어느새 기절해 있었다. 노빈손은 부랴부랴 여자를 안고 모래사장 바닥에 눕혔다. 그러곤 여자의 얼굴을 확인했다. 그 순간, 깜짝 놀라지 않을 수 없었다. 그 여자는 바로 그녀, 오일 여인이었다. 파란 비키니 수영복에 쫙 빠진 몸매, 바로 그녀였던 것이다.

'아, 이건 운명이야.'

노빈손은 감격스러워 눈물이 날 지경이었다.

밀도가 물보다 작으면 물에 뜬다. 물고기는 위로 떠오르고 싶으면 부레를 확장시켜 밀도를 줄이고 아래로 내려가고 싶으면 부레를 수축시켜 밀도를 늘린다. 즉, 자신의 부피를 변화시켜 밀도를 조정하면서 물속을 오르락내리락하는 것이다.

물놀이를 할 때 사람들이 입는 구명조끼도 이 원리를 응용한 것이다. 구명조끼는 무게는 조금 늘어나는 반면 부피는 많이 늘어나도록 해서 입고 있는 사람의 밀도를 감소시켜 물 위로 떠오르게 하는 것이다.

1. 사고가 일어난 곳으로부터 구출한다.
2. 입 안에 들어 있는 이물질을 없앤다.
3. 머리를 뒤로 젖혀서 기도를 개방한다.
4. 인공호흡을 한다.
5. 호흡이 정상으로 돌아오면 편한 자세로 눕히고 따뜻하게 해준다.
6. 숨이 멈추지 않도록 계속 보살핀다.
7. 병원으로 보낸다.

"정신 차리세요."

노빈손이 여자의 뺨을 가볍게 두드려 봤지만 소용이 없었다.

어느새 노빈손과 그녀 주위를 사람들이 둘러싸고 있었다.

"저 여자 죽은 거 아냐?"

"저 남자가 구한 거야?"

사람들이 여기저기서 웅성웅성거리며 호기심 어린 눈빛으로 여자와 노빈손을 번갈아 바라보았다.

노빈손은 여자의 눈을 뒤집어 보았다. 생각보다 위급한 상황은 아닌 것 같았다.

"119를 부를까요?"

누군가 노빈손에게 물었다.

"아, 아닙니다. 제가 응급처치를 할 수 있습니다. 다들 비키시오, 비키시오."

노빈손은 자신이 허준이라도 되는 양 자신있게 말하고는 허험 큰 기침을 했다.

'음, 이럴 땐 아무래도 구강 대 구강법이 좋겠지.'

노빈손은 제철을 만난 메뚜기처럼 의기양양해져서 어깨를 으쓱하더니 입을 손으로 쓰윽 닦았다. 노빈손이 여자의 입에 막 숨을 불어넣으려고 할 때였다.

"머리를 좀 뒤로 젖혀야 하지 않을까요?"

모여 있는 사람들 중에 누군가 노빈손의 행동에 제재를 가했다.

순간 노빈손은 당황하여 소리가 나는 곳을 향해 돌아보았다. 주

위에 있던 사람들의 시선도 일제히 새로 등장한 사나이에게로 모아졌다.

당당하고 우쭐해 있던 노빈손은 예상치 못한 갑작스런 상황에 놀라 순간적으로 말을 더듬었다.

"아, 그그 그럼 그렇게 할까요?"

그러자 조금 전에 등장한 그 사나이가 앞으로 나서며 다시 말했다.

"제가 한번 해볼까요?"

"뭐, 그러실 것까지… 저도 할 수 있습니……."

노빈손은 마지막 자존심으로 버텨 보려 했다. 그러나 다시 생각해 보니 한 사람의 생명이 달린 일인데 자신의 명예나 인기를 위해 모험을 할 수는 없는 일이었다. 결국 노빈손은 새로 등장한 명의에게 자리를 내주고, 씁쓸한 기분이 되어 뒤로 물러났다.

새로운 명의는 능숙하게 여자의 고개를 젖히고 심장 마사지를 시작했다.

"아이고, 구조대원 뺨치는데."

"저 사람 참 용쿠만 용해."

사람들 사이에서 이런저런 감탄사들이 흘러나왔다. 모여 있던 사람들이 새로 등장한 사나이를 이구동성으로 칭찬하자 심술이 난 노빈손은 생각했다.

'쳇, 죽 쒀서 개 줬네. 전문적으로 여자만 구해 주는 제비족 녀석일 거야.'



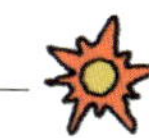

물속에서는 중력과 반대 방향인 위쪽으로 향하는 힘이 생기는데 이 힘을 부력이라고 한다. 우리가 물속으로 들어가면 몸 윗면과 밑면의 압력 차이로 인해 생기는 것이다.

우리 몸이 물에 잠길 때 흘러넘치는 물의 무게와 같은 크기의 부력만큼 가벼워지는 것이다. 따라서 물 밖에 있을 때보다 물속에 있을 때 더 가볍다고 느끼게 되고, 무거운 물체도 쉽게 들 수 있게 된다.

1998년 하와이 해안에서 인어가 발견되었다. 아름다운 얼굴에 머리가 아주 길고 위에는 아무것도 입지 않은 여인이 돌고래들과 함께 헤엄치고 있는 것을 다이버들이 발견한 것이다. 이 인어는 50년 전부터 사람들의 눈에 가끔 띄었다고 한다.

다리는 사람이고 몸통은 송어인 인어가 미국 플로리다 해변에서 잡힌 적도 있었는데 150㎝의 이 인어는 남자였다.

사나이가 여자의 배를 눌렀다. 그러자 여자의 입 속에서 물이 분수처럼 뿜어져 나왔다. 이제 스포트라이트는 완전히 새로 등장한 명의에게로 쏟아졌고 노빈손은 왕자를 구하고도 그 사실을 밝히지 못하는 인어 공주처럼 슬픈 모습으로 조용히 그 자리를 빠져 나왔다. 그러곤 터덜터덜 민박집으로 돌아왔다.

## 미소를 머금고 찾아온 여인



"아, 쓰라려."

노빈손은 등을 조심조심 어루만졌다. 깜빡 잠이 들었던 노빈손은 따끔거리는 등 때문에 잠에서 깼다.

"아~ 아~."

얕은 신음을 뱉으며 윗옷를 올리고 거울에 등을 비춰 보니 벌겋게 익어 있었다. 시계를 보니 7시였다. 그런데도 밖이 너무나 환해서 저녁이라는 사실이 믿겨지지 않았다. 마당에선 가족끼리 또는 친구들끼리 또는 남녀 쌍쌍이 웃음을 터뜨려 가며 밥을 짓고 있었다.

'아, 외로워라, 이내 몸은 뉘와 함께 돌아갈고!'

노빈손은 문득 자신이 이 번잡한 여름의 해수욕장에 혼자 와 있다는 사실이 더없이 쓸쓸하게 느껴졌다.

'겨울 바다에 혼자 왔으면 차라리 덜 외로웠을 텐데…….'

노빈손은 '군중 속의 고독'을 '민박집에서의 고독'으로 절감하며 되는 대로 끼니를 때웠다. 방에 누우려니 몸이 여전히 찌뿌드하고 햇빛에 탄 등과 어깨가 심하게 따끔거렸다. 만져 보니 뜨거운 열이 나는 것 같았다.

'선 크림이라도 좀 바를걸. 수영도 제대로 못 하고 망신만 당하고 살은 살대로 타서 이 고생이니 원!'

노빈손이 때늦은 후회를 하고 있을 때였다.

―글쎄, 누구를 말씀하시는 건가? 이름을 모르니 방마다 다 찾아다닐 밖에… 혼자 묵는 젊은 총각이 하나 있기는 한데…….

밖에서 주인의 말 소리가 들렸다.

호기심이 발동한 노빈손은 귀를 쫑긋하고 문에 붙어 밖의 소리에 귀를 기울였다. 소리가 점점 크게 들리는가 싶더니 바로 자신의 방문 앞에서 부르는 소리가 들렸다.

"학생, 아니 총각! 아무튼 여보슈, 잠깐 좀 나와 봐요. 누가 찾아왔어요."

'날 찾아왔다구?'

놀란 노빈손은 황급히 옷을 꿰어차고 방문을 열며 말했다.

"누가 절 찾아요?"

눈앞에 아리따운 한 여자가 다정한 미소를 머금은 채 노빈손을 지긋이 바라보고 있었다.

"누… 구시죠?"

노빈손이 기억을 더듬으며 눈을 굴리는 사이, 그녀는 눈을 내리깐 채 조용히 입을 열었다.

"저, 혹시 아까 바다에서 저를 구해 주신 분 아니신가요?"

순간, 노빈손의 눈이 휘둥그레졌다. 앞에 서 있는 여자는 자기가 목숨을 구해 준 그녀, 갑자기 나타난 명의 녀석만 아니었다면 인명 구조 차원에서 입술이 맞닿을 수 있었던 그녀였던 것이다. 물에 빠져 기절해 있을 때와는 전혀 다른 모습이었다.

'아, 그녀가 이렇게 나를 찾아와 주다니…….'

조금 멋쩍어진 노빈손은 머리를 긁적이며 대답했다.

"아, 예에."

노빈손의 대답에 여자는 빙긋 수줍은 듯한 미소를 지었다. 그녀의 미소 속에 귀여운 보조개가 보였다.

"몸은 좀 어떠신지……."

"이젠 괜찮아요. 덕분에 목숨을 건졌어요. 감사합니다."

'아, 목소리까지도 아름답군.'

노빈손은 순간 모든 우울과 외로움이 하늘로 날아가 버리는 듯했다.

"괜찮으시다면 저녁식사라도 대접하고 싶어요. 그걸로는 다 갚을 수도 없는 은혜를 입었지만요."

"은혜라니요, 당치도 않은 말씀이십니다."

너무도 긴장한 노빈손은 자꾸만 어색한 말투로 이야기하는 자신을 발견하고는 스스로를 타일렀다.

'노빈손, 자연스럽게 행동해. 좀더 자연스럽게 하라고!'

"이것도 인연인데 그럼 같이 나가시죠."

역시 부자연스럽긴 마찬가지였다. 어쨌거나 들뜬 마음의 노빈손은 그녀와 함께 노을지는 바닷가로 향했다.

투명한 비닐봉지 안에 물을 담고 우유를 담은 다음 플래시로 비추면 노을이 보인다.

플래시의 빛은 붉은색과 파란색 등의 여러 개의 빛으로 이루어져 있다. 빛은 공기 중의 미립자에 의해 반사되지만 파장이 긴 붉은 빛은 반사되기 어렵고 파장이 짧은 푸른빛은 반사가 잘 이루어진다. 따라서 손전등에 가까운 쪽에선 푸른빛이 반사되어 보이고, 붉은빛은 반사되지 않고 봉지의 끝까지 미치는 것이다. 여기서 미립자의 역할을 하는 것이 우유이다.

이것은 하늘이 푸르게 보이고 저녁에는 붉은 노을이 지는 원리와 같다.

## 여 러  나 라 의  화 장 실

### 중국의 화장실

화장실이 귀한 국가 중국. 그래서 이 나라에는 화장실의 위치를 가르쳐 주는 안내원도 있다는데…….

어렵사리 찾은 중국의 화장실에 들어가서도 놀라지 마시라. 아무리 눈을 크게 떠도 칸막이를 찾아볼 수 없을 테니 말이다.

중국의 화장실은 보통 2인용 또는 5인용으로 변기 구멍이 이어져 있고 칸막이 따위는 없다. 특이한 것은 2인용 변기의 경우 두 명의 이용자가 서로 등지고 앉아야 하는데, 5인용 변기의 경우에는 이용자 전원이 같은 방향을 바라보며 앉아야 한다. 만약 뒤돌아 앉게 되면 예의에 어긋나는 행동이라는 것이다.

이렇게 5인용 변기에 나란히 앉은 중국 사람들은 이런저런 수다를 떨면서 볼일을 본다고 하니 '지루하지 않은 배변 시간'이 될 듯하다.

### 프랑스의 화장실

1. 프랑스의 화장실에 가면 먼저 동전을 넣는다(대부분이 유료이다).
2. 볼일을 본다.
3. 5분, 10분 그렇게 시간이 흘러 약 14분쯤이 되었다 싶으면, 볼일을 다 마치지 못했다 하더라도 모든 것을 수습하고 옷매무시를 가다듬는다.
4. 15분째. 화장실 문이 저절로 벌컥 열린다. 아쉬움이 많이 남는 사람은 다시 돈을 내고 화장실을 이용하면 된다.

### 인도, 인도네시아, 태국 등 아시아 권의 화장실

인도나 인도네시아의 화장실 변기 옆에 놓여져 있는 커다란 물통과 바가지.

물론 화장실 안이므로 그 물을 마시거나 볼일을 보고 난 뒷처리용으로 사용하거나 하는 것은 각자의 자유이다.

그러나 물통과 바가지의 원래 용도는 '큰일을 본 뒤에 밑닦기' 이다. 이때 손은 반드시 왼손을 사용하게 되어 있다. 때문에 악수를 청하거나 선물을 할 때 왼손을 사용하는 것은 커다란 실례이며, 하지 않으니만 못 하게 되는 것이다.

### 미국

미국에도 독특한 화장실이 있다. 사방 벽면이 온통 투명한 통유리로 되어 있는 화장실. 이 화장실을 처음 이용하는 사람들은 화장실에 들어가서 고개를 갸웃거리다 그냥 나오기 일쑤인데 이 화장실의 정체를 알고 나면 천연덕스럽게 볼일을 볼 수가 있다. 화장실 안으로 들어가 문고리를 달아 걸면 그 즉시 유리 벽면이 어두워져 자유로운 나만의 공간이 허락되기 때문이다.

# 너희가 절기를 아느냐

## 여름의 절기

**망종(芒種) — 발등에 오줌 쌀 정도로 바쁜 시기**

24절기 중 아홉 번째. 음력 4월 또는 5월, 양력 6월 6~7일경.

벼나 보리 등 수염이 있는 곡식의 씨앗을 뿌리기에 적당한 때로 모내기와 보리베기가 겹쳐서 1년 중 가장 바쁜 때이다. 전남 지방에서는 이듬해 보리 농사가 잘 되어 곡물이 잘 여물며 그 해 보리밥도 달게 먹을 수 있다고 하여 이날 풋보리를 베어다 불에 그을려서 먹는다.

**하지(夏至) — 일 년 중 낮이 가장 긴 절기**

24절기 중 열 번째. 음력으로는 5월 중순, 양력은 6월 21일경.

낮이 가장 길며 정오의 태양 높이도 가장 높다. 태양의 열도 가장 강한데 이 열이 쌓여서 하지 이후에는 몹시 더워진다. 남부 지방에서는 장마가 시작되는 때이기도 한데, 옛날 사람들은 하지가 되어도 비가 오지 않으면 기우제를 지냈다.

**소서(小暑) — '작은 더위', 본격적인 여름의 시작**

24절기 중 열한 번째. 음력으로는 6월 초순, 양력으로는 7월 7~8일경.

본격적인 더위가 시작되는 시기로, 습도가 높아지고 비가 내리는 장마철이기도

하다. 채소나 과일들이 풍성해지는 시기로 옛날 사람들은 이때 즐기는 밀가루 음식
이 제일 맛있다고 해서 국수나 수제비 등을 많이 해먹었다.

### 대서(大暑) – 여름의 최고조 '큰 더위'

24절기 중 열두 번째. 음력으로는 6월 중순, 양력으로는 7월 23일경.

일 년 중 가장 더운 때이자 큰 장마가 지는 때이다. 대체로 중복 즈음이 절기로
는 대서이다. 농사꾼들은 이 무렵에 논밭의 잡초를 뽑고 풀, 짚 등을 섞어 거름을
만들어 두었다. 과일 맛은 이때가 가장 좋은데 비가 적게 와야 더욱 제맛이 난다.

### 입추(立秋) – 가을로 한 발짝 들어서는 시기

24절기 중 열세 번째. 음력으로는 7월 초순, 양력으로는 8월 8~9일경.

대서의 15일 후로 한낮의 더위는 남아 있지만 아침 저녁으로 불어오는 바람이
가을의 선선함을 느끼게 해준다. 옛날 사람들은 입추가 되면 서늘한 바람이 불고
이슬이 진하게 내리며 쓰르라미가 운다고 표현하였다.

### 처서(處暑) – 모기도 입이 비뚤어지는 시기

24절기 중 열네 번째. 음력으로는 7월의 중순, 양력으로는 8월 23일경.

처서가 지나면 따가운 햇볕이 누그러져서 풀이 더 자라지 않기 때문에 산소의
풀을 깎아 벌초를 한다. 파리, 모기도 자취를 감추는 시기이며 농촌은 한가한 때이
기도 하다.

## 물에 빠진 사람, 이렇게 구하자

일단 물에 빠지면 개헤엄의 명수라 해도 당황하게 되고 겁에 질리게 되는 법. 이때 자신이 슈퍼맨이라도 되는 양 훌랑 물에 뛰어들면 위험하다. 물에 빠진 사람은 무엇이든지 잡고 물 위로 떠오르려고 하기 때문에 잘못하다가는 물에 빠진 사람과 함께 진짜 '물귀신' 이 될 수도 있다.

### 이론파 구조법

물에 들어가지 않고 여러 가지 물건 등을 이용해서 구조하는 방법.

### 1. 물에 빠진 사람이 가까이 있을 때

물에 빠진 사람에게 막대나 천을 내밀어 잡게 한 뒤에 그것을 잡아당겨 구한다. 이때 주의할 점은 구조하는 사람이 나무나 바위처럼 흔들리지 않는 것을 붙잡아야 한다는 것이다. 물에 빠진 사람이 뚱뚱하거나 힘이 장사일 경우 오히려 구조하는 사람이 물속으로 끌려 들어갈 수도 있으니 말이다.



### 2. 물에 빠진 사람이 멀리 있을 때

물에 빠진 사람에게 튜브나 구명조끼처럼 물에 뜨는 물건을 던져 주는 방법이다. 이때 물에 빠진 사람이 멀리 있을 경우 위로 던져야 하지만 가능하면 낮게 던져 주는 것이 더 정확하다. 물에 빠진

사람이 튜브 등을 잡은 뒤에는 발차기를 해서 가까이 올 수 있도록 계속 용기를
북돋워 주어야 한다.



### 행동파 구조법
물에 들어가서 구조하는 방법. 구조자가 기본적인 수영을 할 줄 알아야 한다.


### 1. 걸어가서 구조하는 방법
깊은 곳에 빠지지 않았을 때, 가슴 깊이까지만 걸어가서
다리를 벌려 자세를 고정한 채 막대나 천을
물에 빠진 사람에게 밀어 그것을 잡게 한 후
끌어당긴다.

### 2. 헤엄쳐서 구조하는 방법
수영을 잘하는 사람만 가능한 방법. 일단 물에 빠진 사람이 있는 곳까지 헤엄쳐
서 간 후 물에 빠진 사람의 뒤쪽으로 가서 손목을 잡고 헤엄을 쳐 나온다.
이때도 막대나 천을 사용하면 보다 안전한데 물에 빠진
사람을 거기에 매달리게 한 뒤, 구조하는 사
람은 그 막대나 천을 잡고 옆으로 수영하면서
해안까지 오는 방법이다.

## 노빈손, 복날에 즈음하여 개와 이야기를 나누다

### 요즘 근황은? 

뻔한 거죠. 자고 일어나 보면 옆집 개가 사라져 있고, 또 다음 날 되면 끔찍한 소식이 들려오고… 하루 하루가 불안해요. 우리 개들에게는 '복날 넘긴 개처럼' 이라는 말이 있어요. 아주 좋은 일이 생겼을 때 쓰는 말이죠.

### 보신탕의 유래를 아는가?

들어 보니 정확한 시기는 알 수 없지만 아주 오래전부터라는 건 알죠. '보신탕' 이라는 말은 이승만 대통령 때 생긴 말이라고 하더군요. 그 전에는 '개장국' 이라고 불렀대요. 개고기를 된장으로 끓인 장국에 말아먹는다는 뜻에서 말 그대로 '개장국' 이 된 거죠. 조선시대 왕인 정조 때의 책에도 '개장국' 이라는 말이 나온다고 하니 사람들이 개고기를 먹은 역사는 아주 길었던 것 같아요.

### 보신탕을 먹는 사람들에게 한 마디?

만물의 영장인 인간들이 먹겠다는 데 사실 우리야 어쩔 도리 없죠. 다같이 단체 행동을 해 볼까도 생각해 봤지만 우리보다도 덩치 큰 소뿐 아니라 곰까지도 당한다는 말을 듣고는 그런 건 아예 포기해 버렸죠.

한 가지 말하고 싶은 건 보신탕이 무조건 '보약' 은 아니라는 거예요. 우리나라 사람들은 뭐가 좋다더라 하면 너도 나도 다 따라하는 경향이 있는데 그거 참 문제예요, 문제.

### 다른 나라의 개들 소식은?

물론 듣고 있죠. 저 멀리 유럽이나
미국 개들 소식을 들으면 부러워서 침이 다
꼴깍 넘어가요. 휴가 떠날 때도 개에게 밥 줄
사람을 구해다 놓고 간다잖아요. 어떤 집은
개가 아니라 상전이라니. 뭐 우리나라에서도 종자가 있는 '양반 개'
들은 대접을 받기도 하죠. 하지만 사람들도 양반, 상놈 다 없어졌는데 우리 개들은
아직까지 그런 굴레에서 벗어나지 못하고 있다는 게 말이나 됩니까?

### 끝으로 사람들에게 하고 싶은 말

사실, 개처럼 사람들과 친하고 사람들에게 충성을 다하는 동물이 또 어딨
습니까? 그런데도 사람들은 개 알기를 그야말로 '개 취급' 해요.

보신탕을 먹는 거야 차치하고라도, 개를 우습게 아는 경우가 한두 가지가 아니
라고요. '개똥도 약에 쓰려면 없다' 느니, '이런 개 같은 경우가 어딨냐', '개처럼
벌어 정승처럼 쓴다' 느니 사실 이거 책으로 기사화된다고 해서 심한 욕은 쓰지도
못하는 거지, 개를 빗대서 사람들이 얼마나 욕을 해댑니까?

어쨌든 우리 개들 무시하지 마시고, 자기한테 맞는지 안 맞는지도 모르면서 남
들 좋다니까 여름이면 무조건 보신탕 먹는 사람들, 반성하세요. 개들의 삶도 소중
하다는 걸 잊지 마시라고요.

## 아름다운 그녀

그녀와 막 아름다운 추억을 만들어 보려는 순간에 훼방을 놓다니 정말 여러모로 보탬이 안 되는 곤충이다. 모기는.

벌써 몇 군데를 물렸는지 모른다.

나는 그녀가 모르게 모기에게 물린 데를 벅벅 긁었다.

남자에게도 감추고 싶은 비밀이 있는 법! 모기에게 물린 곳이 엉덩이라는 사실을 어떻게 그녀에게 털어놓겠는가.

나는 뒷주머니에서 뭔가를 찾는 척하며 엉덩이에 침을 발랐다. 침에 소독 성분이 있어서인지 신기하게도 가려운 게 좀 나아지는 것 같았다.

"모기가 극성인데 괜찮나요?"

나는 한껏 목소리를 내리깔며 그녀에게 물었다.

우리 입 속을 항상 적시고 있는 침은 소화 작용뿐만 아니라, 입 속에 들어오는 병원균, 유해물질 등을 소독해 주는 작용을 한다. 한 보고서에 따르면 침은 곰팡이에 들어 있는 발암물질 같은 독성물질도 무력화시킬 수 있다고 한다. 신기하게도 개나 고양이 같은 동물도 상처에서 피가 나면 그곳을 열심히 핥는다. 그렇다면 이들도 본능적으로 침의 소독 작용을 알고 있는 걸까?

"저는 원래 체질상 모기에 안 물려요."

엥, 모기에 안 물리는 체질이라… 그런 체질이 따로 있단 말인가? 그렇다면 나는 저주받은 체질?

나는 모기들의 단골식당이 된 내 체질을 원망하며 모기들을 쫓기 위해 모깃불을 피우기로 했다. 외할머니댁에 놀러갔을 때 풀을 태우면 그 연기 때문에 극성맞은 모기가 모여들지 않는다며 할머니가 모깃불을 피워 주시던 기억이 났던 것이다.

나는 바닷가 주변을 뒤져 나무 조각과 풀을 모았다. 풀잎을 모으다 보니 전에 봤던 만화의 한 장면이 떠올랐다.

남자 주인공이 나무 아래서 한 소녀에게 풀피리를 불어 주던 장면.

나는 그녀에게 잘 보이기 위해 풀피리를 불 수 있을 만한 풀잎을 찾았다. 넙적한 풀잎이 좋을 것 같았다. 그러는 사이 그녀도 열심히 풀을 주워다 날랐다. 얼굴이 예쁜 그녀, 마음씨도 고왔다.

눈물을 흘려 가며 피운 모깃불이 제법 타기 시작하자 우리는 바다를 바라보고 나란히 앉았다. 나는 준비해 놓은 비장의 무기를 꺼내들었다.

풀잎을 엄지손가락과 검지손가락 사이에 끼웠다. 그리고 숨을 불어넣었다.

삑삑 삐이~.

진짜 피리 소리가 났다. 그녀는 눈이 동그래져서 나를 쳐다보았다. 사실 나 스스로도 놀랐다. 너무 오랜만이라 소리가 안 날 줄 알았는데… 하지만 난 별거 아니라는 듯 그녀를 쳐다보며 다시 한 번 풀피리를 불었다.

그녀는 이루 말할 수 없는 행복감에 젖은 듯해 보였다. 나는 이쯤에서 확실하게 그녀를 사로잡겠다는 생각에 현란하게 손가락을 움직여댔다. 그랬더니 여러 가지 소리가 풀피리에서 나왔다.

삑삑 삐이 삐리리 삑삑.

나는 그 소리에 취해 정신없이 풀피리를 불어대는 바람에 그녀가 몇 번을 부르는데도 듣지 못했다.

"저기요…….""

나는 피리를 부르다 말고 그녀를 쳐다보았다.

"말씀하세요."

나는 내심 그녀의 흥분에 찬 찬사를 기대했다.

"저기요, 밤에 피리 불년 뱀 나오는데……."

허억! 이럴 수가…….

나는 너무나 무안했다. 얼굴이 확 달아오르는 것 같았다.

"어머, 얼굴 빨개졌어요. 호호호."

그 얘기를 들으니 얼굴이 더욱 빨개지는 것 같았다.

그녀는 재미있어하며 나의 풀피리를 슬쩍 가져갔다.

"농담이에요. 농담! 풀잎 하나로 어떻게 그런 멋진 소리를 낼 수 있죠?"

그럼 그렇지. 나는 다시 신이 났다.

"버드나무 잎이 있으면 더 멋진 피리 소리를 낼 수 있어요."



얼굴 피부의 바로 안쪽에는 가느다란 실핏줄(모세혈관)이 그물처럼 얽혀 있는데, 놀라거나 부끄러우면 심장이 빨리 뛰게 되고 그 결과 모세혈관에 흐르는 피의 양이 증가하여 얼굴이 빨갛게 보이는 것이다.

"버드나무로 풀피리를 만든다고요? 어떻게요?"

그녀가 조금씩 나에게 넘어오는 것 같았다. 나는 그녀에게 피리 만드는 노하우를 전수했다.

"별거 아니에요. 먼저 잔가지가 없는 버드나무 가지를 골라 꺾는 거예요. 그런 다음 가지의 뿌리 쪽 껍질을 약간 벗겨서 손으로 잡고 줄기에서 껍질이 분리되도록 뿌리 쪽부터 조금씩 비틀죠. 여기서 너무 많이 비틀면 가지의 껍질이 찢어져서 대롱이 되지 않으니까 약간만 비트는 게 좋아요. 그렇게 껍질이 비틀어지면 안에 있는 나뭇가지를 빼버리는 거예요. 그러면 대롱 껍질만 남지요. 그걸 입에 대고 불면 재미있는 소리가 난답니다."

"어쩜, 빈손 씨는 모르는 게 없네요."

"뭐, 그런 것쯤이야."

나는 괜히 멋쩍어져 애꿎은 머리를 긁적였다. 그러는 사이에 불붙인 풀잎에서 연기가 모락모락 났다. 모깃불이 효험이 있었던지 그토록 극성이던 모기가 하나둘 자취를 감추었다. 드디어 나의 마음에 평화가 찾아왔고, 둘만의 오붓한 분위기가 만들어졌다.

그녀는 너무 예쁘고, 상냥하고, 신비롭기까지 했다. 이런 여인이 내 옆에 앉아 있다니, 이건 정말이지 믿기지 않는 일이었다.

'혹시 꿈은 아니겠지?'

나는 혹시나 해서 허벅지를 꼬집어 보았다.

"아얏!"

나는 그만 입 밖으로 소리를 내고 말았다.

"무슨 일이에요?"

그녀가 놀라 물었다. 놀라는 모습까지 사랑스러운 그녀.

"아, 아무 일도 아니에요."

나는 대충 얼버무리며 그녀를 안심시켰다.

'이번에는 꿈이 아니야. 틀림없는 현실이라고!'

나는 속으로 쾌재를 불렀다. 휘파람이 절로 나왔다. 그렇게 한참 동안 이런저런 생각을 하며 넋을 잃고 있을 때였다.

"별똥별이에요!"

그녀의 말에 나는 하늘을 올려다보았다. 하지만 별똥별은 이미 떨어지고 없었다. 떨어지는 별을 보며 소원을 빌면 그것이 이루어

별똥별을 보면서 소원을 빌면 정말 이루어질까?

예부터 별똥별을 보고 소원을 빌면 그것이 이루어진다고 했다. 그러나 실제 별똥별을 본 사람이라면 너무 짧은 순간에 사라지는 바람에 실망했던 경험이 있을 것이다. 그래서 천문학자들은 '이루고 싶은 소원이 있다면 미리 각각의 소원에 번호를 붙여 두었다가 별똥별을 보는 즉시 그 숫자를 부르면 많은 소원을 빌 수 있다'고 요령을 가르쳐 준다.

**봉숭아물**
옛날 여자들은 봉숭아꽃으로 손톱을 빨갛게 물들였다. 꽃과 잎을 섞어 찧은 다음 백반, 소금 등을 넣어 손톱에 묶어 물들이는 이 풍속은 귀신을 쫓는 데서 유래한 것이다. 요즘 소녀들 사이에선 첫눈이 올 때까지 손톱에 봉숭아물이 남아 있으면 첫사랑이 이루어진다는 이야기가 떠돈다. 매니큐어는 손톱에 바르면 산소가 손톱을 통과하지 못해 손톱 색이 하얗게 되거나 갈라지지만 봉숭아물은 손톱이 숨을 쉴 수 있어 건강에도 좋다.

진다는 말이 있지 않은가?

나는 자리에서 벌떡 일어났다. 늦은 감이 있지만 혹시나 해서 간절히 빌었다. 나의 아름다운 사랑을…….

그때 그녀가 환하게 웃으며 나를 바라보았다. 아, 순간 나는 숨이 멎는 줄 알았다. 그녀의 웃는 모습은 정말 눈이 부셨다. 나는 거의 넋을 잃은 채 그녀에게 물었다.

"소원을 빌었나요?"

"빈손 씨도?"

그녀가 내게 되물었다. 그녀는 대체 어떤 소원을 빌었을까 너무나 궁금했다.

"무슨 소원을 빌었는지 물으면 실례가 될까요?"

"그럼요. 마음속으로 빈 것을 입 밖으로 내뱉으면 아무 소용이 없대요. 그러니까 더 이상 묻지 마세요."

그러더니 그녀는 발갛게 봉숭아물을 들인 예쁜 검지손가락을 펴서 내 입술에 갖다댔다. 나는 너무나 아찔했다. 그 황홀함! 황홀함에 복받치다 못해 나는 속으로 울부짖었다.

'오, 아름다운 그대여! 왜 이제야 내 앞에 나타난 거요!'

나는 마치 하늘을 날고 있는 것만 같았다.

그녀가 다시 내게 물었다.

"별은 왜 반짝이는 걸까요?"

이 말을 듣는 순간 나는 또 쾌재를 불렀다.

'별에 대해 아는 거라곤 그것밖에 없었는데, 딱 그것을 물어 주

다니……'

별은 지구를 둘러싼 공기의 흐름에 따라 반짝이기도 하고, 가물거리기도 하는 것이며 별은 스스로 빛을 낼 순 있지만 빛을 조절할 수는 없다고 나는 신이 나서 이야기해 주었다.

그녀는 나의 박식함에 놀라기라도 한 듯 잠시 동안 내 얼굴을 뚫어지게 쳐다보았다. 나는 어찌할 바를 몰라 그녀의 눈을 피했다. 그러자 그녀가 지그시 눈을 감는 게 아닌가.

'이건 무슨 뜻이지? 혹시 키스를 원하는 건가?'

나는 쿵쾅거리는 심장을 어찌해야 좋을지 몰랐다.

'아니야, 괜히 이것저것 재다가 분위기 파악 못 하고 그냥 지나치면… 그래, 기회는 찬스야. 부딪쳐 보자고. 이때가 아니면 언제 또 나에게 이런 기회가 오겠어.'

나의 손은 벌써 땀으로 젖어 있었다. 내 인생의 첫키스가 이토록 급작스럽게 찾아올 줄은 정말 몰랐다. 아니 예고도 없이 찾아왔기에 더욱 흥분되었다.

'무엇부터 해야 하는 거지?'

순간 나는 너무나 당황해 침을 꼴깍 삼켰다. 그런데 그 소리가 그녀에게 들린 모양이었다. 그녀가 살며시 눈을 떴던 것이다.

'어, 이러면 안 되는데……'

나는 조바심이 나기 시작했다. 하지만 잠시 바다를 바라보고 있던 그녀의 눈이 다시 감겼다.

'역시 그녀도 원하는 게 틀림없어.'

별똥별이란 혜성에서 떨어져 나온 찌꺼기를 말한다. 다시 말해 밤하늘에 떨어지는 별똥별들은 우주에 떠다니는 여러 물질들이 지구 대기에 충돌하여 타버리기 때문에 생겨나는 것이다. 이러한 물질 알갱이들은 불규칙한 방향으로 태양 주위를 돌고 있는데, 그들 중 상당 부분은 태양 주위를 도는 행성이나 혜성들이 뿌려놓은 찌꺼기들인 것이다. 이런 물질은 지구 대기권에 들어올 때까지는 '유성체'라고 부르다가 대기권에 들어와 불이 붙은 후 붉은빛을 내며 탈 때는 '별똥별'이라고 부른다.

재채기란 콧속의 이물질을 밖으로 내보내기 위한 반사 기구로서 기침과 같은 의미를 가지고 있다. 서양에서는 누군가 재채기를 하면 얼른 '신의 축복이 있기를!'이라고 말해 준다. 그 이유는 중세 유럽 사람들은 재채기를 하면 영혼이 함께 빠져 나간다고 믿었기 때문이다. 그래서 재채기를 할 때마다 신의 축복을 빌었던 것이다.

나는 바싹 말라버린 입술에 침을 발랐다.

'자 노빈손, 이런 기회는 네 인생에 다시 오지 않을 거야.'

나는 속으로 다짐하며 그녀에게 서서히 다가갔다.

그런데 이건 또 무슨 일인가. 갑자기 심장 박동이 빨라지기 시작하는 것이었다. 누가 들으면 어디서 북 치는 줄 알았을 것이다. 나의 심장은 걷잡을 수 없이 쿵쾅대고 있었다. 그녀에게 약한 모습을 들킬까 봐 마음을 진정시키려 노력했다.

'노빈손, 너는 할 수 있어. 그럼, 할 수 있고 말고.'

나는 그녀를 향해 목을 쭉 빼고 마음속으로 숫자를 셌다.

'하나아, 두울……'

셋에서 키스를 하리라! 나는 곧 마음속으로 셋을 외쳤다. 그리고 그녀에게 입을 맞추려는 순간,

"에취!"

아, 그녀가 갑자기 재채기를 했다. 그 순간 그녀를 향해 있던 내 얼굴에 미지근한 점액성 물질이 와닿았다. 그녀의 침이었다.

"어머? 죄송해요. 여름 감기에 걸렸나?"

그녀는 쑥스러운 표정을 지으며 애교 섞인 투로 말했다. 그리고는 내 옆에서 멀찌감치 떨어져 앉았다.

'혹시 그녀가 마음의 준비가 안 된 것은 아닐까? 아니면 그녀 말대로 개도 안 걸린다는 여름 감기에 걸린 걸까?'

아무리 생각해도 그녀의 재채기는 이 시점에 끼여들 것이 아니었다.

실망을 금치 못하며 얼굴을 쓰윽 닦던 나에게 그녀가 물었다.

"저기 유난히 반짝이는 저 별은 뭘까요?"

그녀가 머리 꼭대기를 가리키며 물었다.

"직녀성이 아닐까요? 일 년에 한 번밖에 사랑하는 사람을 만날 수 없는 불운의 여인 직녀의 별 말이에요."

나는 사실 별자리에 대해 아는 바가 없었다. 보이스카우트 시절에 배운 북두칠성이니 카시오페이아니 하는 정도밖에는. 하나 더 안다면 어렸을 적에 구멍가게에서 사먹던 별사탕이 고작이었다.

하지만 어디선가 여름 밤 하늘에 가장 빛나는 별이 직녀성이란 얘기를 들은 기억이 났던 것이다.

"너무 낭만적이에요. 저런 별자리 이름을 누가 지었을까요?"

그녀는 말 그대로 눈이 별눈이 되어 반짝이며 내게 물었다.

"아 예, 양을 치던 소년들이 만들었다고 전에 어디선가 들은 적이 있는 것 같아요."

아, 나는 왜 이렇게 아는 게 많은 걸까? 생각해 보면 나는 열심히 공부를 하진 않았어도 주워 들은 건 많은 것 같다. 나도 깜짝깜짝 놀랄 때가 있으니. 지금이 바로 그런 때였다.

어쨌거나 그건 그거고, 우리에겐 아직 풀지 못한 숙제가 있지 않은가? 하려던 건 마저 해야지. 나는 아직도 미련이 남아 그녀와 키스할 기회를 호시탐탐 노리고 있었다.

"빈손 씬 별에 관심이 많나 봐요?"

"아니에요. 키스에 더 관심이 많아요."

별이 많으면 정말로 다음 날 날씨가 맑을까?

별이 많이 뜬 다음 날은 구름 한 점 없는 맑은 날이 된다. 그 이유는 대기층이 안정되어 있기 때문이다. 반대로 기류의 활동이 많고 대기층이 불안정할 때는 비록 흐리진 않더라도 별이 많이 보이지 않는다.

에스키모 인들은 애정 표현의 수단으로 코를 서로 문질렀다고 한다. 코를 맞대는 풍습이 가장 오래된 곳은 인도이며 여기에서 발전된 것이 키스이다. 서양에서는 식장을 막 나선 신부에게 키스를 하는 풍습이 있다. 이는 '키스한 자리에는 행운이 깃든다'는 말과 관련된 것으로, 전쟁터나 싸움에서 부상당한 기사의 상처를 빨아주는 데에서 연유되었다고 한다.

그녀의 질문에 대답한다는 것이 그만 말이 헛나오고 말았다. 이런!

그녀는 기분이 상했는지 얼굴이 딱딱하게 굳은 채 나를 바라보았다.

"아니, 그, 그게 아니라……."

이런 방정! 너무 당황한 나는 사태를 수습해야겠다는 생각밖에 없었다. 나는 무슨 변명이든 해야겠다고 생각했지만 입이 떨어지지 않았다.

"저어……."

용기를 내 겨우 입을 뗐을 때였다. 갑자기 내 볼에 무언가가 스쳐 지나갔다.

이럴 수가! 나는 이것이 꿈이 아니길 바랐다.

그녀가, 그녀가 글쎄 내 뺨에 뽀뽀를 한 것이다.

## 그래, 사랑은 움직이는 거야

조금 무안해진 나는 그녀의 얼굴을 바로 쳐다볼 수가 없었다. 마음은 이미 하늘을 훨훨 날다 못해 공중 에어쇼까지 펼치고 있었지만.

잠시 어색한 침묵이 흘렀다. 나의 쿵쾅대는 심장 소리가 그녀에게 들릴 것만 같아 나는 침묵을 깨고 그녀에게 물었다.

"너무 덥죠?"

"조금요."

그녀의 목소리도 조금 떨리고 있는 것 같았다.

"저기요. 별똥별이 떨어지는 건 누군가가 죽었다는 뜻이래요. 누구에게나 자신의 수호별이 있는데요. 사람이 죽으면 그 수호별도 함께 떨어지는 거래요."

나는 고개를 끄덕였다. 정말이면 어떻고, 거짓말이면 어떠랴.

그때였다. 그녀의 따뜻한 숨결이 느껴졌다. 그녀가 작고 예쁜 머리를 나의 어깨에 기대온 것이다.

'아아, 꿈이 아니길…….'

나는 마음속으로 빌고 또 빌었다.

그 순간 갑자기 머리 속이 복잡해지더니 떠오르는 얼굴이 있었다. 그것은 바로 말숙이의 얼굴이었다.

생각해 보니 나에게는 말숙이가 있었다. 아름다운 그녀에게 사로잡혀 그 동안 말숙이의 존재를 까맣게 잊고 있었던 것이다. 하지만 나도 사람인지라, 결정적인 순간이 찾아오자 잠재된 기억 속에서 말숙이의 모습이 떠오른 것이다.

'이 시대의 마지막 순정파라고 자청하는 내가 말숙이를 잊고 있었다니…….'

나의 마음은 온통 뒤죽박죽이 되고 말았다.

하지만 어쩌랴, 내 마음이 기울고 있는 것을.

'그래, 사랑은 움직이는 거야.'

천문학자들은 장마가 지나면 곧바로 본격적인 별똥별의 장마가 시작된다고 한다. 그러니까 8월이 되면 수많은 별똥별이 떨어지는 것이다. 이때 떨어지는 별똥별은 거의 다 눈으로 확인할 수 있다. 유성우란 별똥별이 특정한 별자리들을 중심으로 집중적으로 떨어지는 것을 말하는데, 가깝게는 8월 2일쯤의 염소 자리 유성우, 8월 6~7일경에는 물병 자리 유성우, 7월 말부터 8월 중순까지는 페르세우스 유성우가 장관이다. 염소 자리 유성우와 물병 자리 유성우는 자정 이후 남동쪽 하늘에서 볼 수 있는데 이들 별자리를 중심으로 시간당 5~20개 정도의 별똥별이 하늘을 장식한다. 북동쪽 하늘에 나타나는 페르세우스 유성우는 지구에서 볼 수 있는 가장 큰 별똥별 군단이다. 해마다 8월 12, 13일쯤 최고치에 달하며 시간당 무려 50~100개의 별똥별이 소나기처럼 흰 줄을 그리며 출현한다.

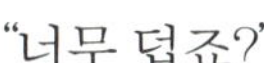

잠을 잘 때 이를 가는 사람은 정상인의 5~15% 정도이다. 이갈이는 특히 소아기, 사춘기에 비교적 많이 나타난다. 이를 가는 것은 수면 중에 턱에 있는 근육의 활동에 의해서 상하의 턱을 문지르는 현상이다. 이를 가는 것에 의해 본인이 잠에서 깨거나 그것을 알아차리는 경우는 없다.

내 어깨에 기댄 그녀를 내려다보았다. 너무나 아름다운 그녀, 어쩌면 그녀는 외로운 나의 여행길을 위로해 주러 온 나의 수호천사인지도 모르겠다는 생각이 들었다.

## 산산이 부서진 꿈이여

파도 소리가 시원하게 들려왔다. 그녀와 나는 여전히 아무 말 없이 앉아 있었다. 어느덧 주위가 점점 환해져 오기 시작했다.

'벌써 새벽이야?'

나는 너무나 실망하여 하마터면 소리를 지를 뻔했다. 하늘의 별빛이 점점 희미해져 갔다. 모깃불의 불빛 역시 사그라든 지 오래였다. 그녀는 잠들었는지 좀 전부터 고른 숨소리가 새근새근 들려왔다.

그런데 잠들었다고 생각했던 그녀가 뭐라고 속삭였다. 잘못 들은 것일지도 몰랐다. 방금까지 새근댔었는데…….

"네? 뭐라구요?"

그녀가 다시 입을 열었다.

"드르렁~ 빠드득!"

아니 이게 무슨 소린가? 설마 그녀가…….

"드르렁~ 쿨쿨~ 빠드득!"

그녀였다. 그녀는 분명히 코를 골았으며 이까지 갈고 있었다.

뭐가 뭔지 나는 갑자기 혼란스러워졌다. 나는 마음을 진정시키려 무척 애썼다. 그때였다.

"쩝쩝, 역시 회는 바닷가에서 먹는 회 맛이 최고야."

아니 이번엔 잠꼬대까지!

문제는 여기서 끝난 게 아니었다. 그녀가 밤 사이 내 어깨에 기대어 침까지 흘린 것이었다.

사실 아까부터 어깨가 축축하다는 것을 느끼고는 있었다. 하지만 그것이 그녀의 침일 줄은 상상도 하지 못했다. 다만 내가 너무 긴장한 탓에 땀이 흐르는 줄로만 알고 있었다. 그런데, 그녀

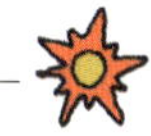



주위에서 보면 잠꼬대를 잘 하는 사람이 있는가 하면 그렇지 않은 사람도 있다. 보통 잠꼬대를 많이 하는 사람은 평소에 스트레스를 많이 받는다든가 심리 상태가 불안해서 그렇다. 따라서 스트레스를 없애면 잠꼬대도 줄일 수 있다.

혼잣말처럼 하는 잠꼬대는 꿈을 꾸는 램 수면기일 때 많이 하고, 분명한 소리로 오랫동안 떠드는 잠꼬대는 숙면 수면일 때가 많다. 램 수면시 하는 잠꼬대는 보통 자기가 꾸고 있는 꿈과 관련된 이야기여서 도중에 깨워 보면 어느 정도는 기억하고 있는 일이 많으며, 숙면시 하는 잠꼬대는 깨워서 물어 보아도 전혀 기억하지 못하는 것이 특징이다.

할머니, 할아버지들은 아침 일찍 일어나신다. 나이가 들면 잠이 없다고 하시면서… 정말일까? 나이가 들더라도 몸에 필요한 수면 시간은 대체로 일정하다. 단지 사람이 60대에 이르면 깊은 잠에 빠지는 비램수면 상태가 줄어든다. 그래서 잠을 푹 자지 못하고 자주 깨게 돼 낮에 조는 현상이 잦아진다. 동물행동학자 데즈먼드 모리스에 따르면, 아이들은 날마다 완전히 새로운 세계를 경험하기 때문에 잠을 오래 자면서 머리 속에서 새로운 정보를 분류하고 정리한다고 한다. 그러다 보니 깊은 잠을 자는 것이다. 반면 노인들의 머리 속엔 이미 많은 정보가 입력돼 있다. 따라서 새로운 경험을 정리하는 데 필요한 시간이 줄어들고, 깊은 잠을 잘 수가 없는 것이다.

가…….

나의 꿈과 환상이 모조리, 와장창 깨지는 순간이었다.

나는 어찌할 바를 몰라 계속 거친 숨을 몰아쉬었다. 게다가 꿈이 깨지고 나니 어깨가 저려 왔다. 마치 전기에 감전된 것마냥 저릿저릿했다.

왠지 그녀에게 배신당한 것 같아 갑자기 화가 치밀었다.

나는 어깨를 흔들었다. 그러자 그녀가 게슴츠레 눈을 떴다가 다시 잠 속으로 빠져 버렸다.

나는 조금 더 강도를 높여 신경질적으로 어깨를 흔들었다. 하지만 여전히 그녀는 깨어날 생각을 하지 않았다.

'더 이상 참을 수 없어!'

나는 분한 마음을 금치 못하고 그녀에게 소리쳤다.

"일어나세요!"

그녀가 화들짝 놀라 눈을 떴다.

"무슨 일이죠?"

그녀가 잠에서 깨어 던진 첫 마디였다.

'무슨 일이냐고?'

이거야말로 사람 환장할 노릇이었다.

'말숙아! 용서해 다오.'

나는 마음속으로 울부짖었다.

# 그녀와 맞은 아침

서서히 해가 솟아올랐다.

지금의 내 심정을 굳이 표현하자면 뭐랄까… 큰 돌덩어리에 머리를 맞아 헤롱거리는 느낌? 아니면 깊이가 50㎝밖에 안 되는 풀에서 다이빙한 느낌? 뭐 대충 그런 것이었다.

하지만 나는 내 꿈이 이토록 쉽게 사라져 가는 것을 용납할 수 없었다.

'이게 그녀의 전부는 아닐 거야. 그래, 노빈손. 그녀의 또 다른 모습을 찾아보자.'

나는 그녀의 모습을 찬찬히 훑어보았다. 내심 지난 밤의 감격이 다시 밀려오기를 바라면서 말이다. 내가 그녀를 바라보자 그녀도 나를 바라보았다. 그러곤 이내 말문을 열었다.

"밤이건 아침이건 바다는 정말 아름다운 것 같아요."

'밤이라니? 잠만 자놓구선.'

나는 원망스런 마음에 그녀의 얼굴을 슬쩍 쳐다보았다. 그런데 이게 웬일인가? 그녀의 눈은 어젯밤에 보았던 맑고 초롱초롱한 눈이 아니었다. 눈이 충혈되어 있는 데다 눈곱까지 더덕더덕 끼어 있었던 것이다.

나는 너무 당황한 나머지 두 손으로 얼굴을 가린 채 아무 말도 하지 못했다. 그러자 그녀가 의아한 표정으로 물었다.

"왜, 왜 그러세요?"

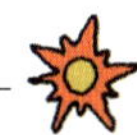



눈곱은 각질화되어 떨어져 나온 눈의 표피세포, 눈물, 눈 가장자리의 분비선에서 나온 지방분 등이 만나서 생기는 것이다. 한 마디로 말하자면 눈곱은 일종의 때다. 평소보다 갑자기 눈곱의 양이 많아진다면 이는 감염이나 질병에 의한 결과일 가능성이 높으며, 눈곱의 종류로 병의 종류도 짐작할 수 있다. 몸이 허약해지거나 세균 바이러스 등이 다량으로 침입하면 눈은 염증을 일으키며 많은 눈곱을 만들어낸다. 감기에 걸리거나 과로, 과음을 한 다음 날에는 어김없이 눈곱이 많이 낄 것이다. 이는 눈의 저항력이 약해져 눈곱이 많이 생기는 것이다.

얼음을 잡으면 손에 착 달라붙는
다. 그 이유는 뭘까? 눈에는 잘
보이지 않지만 피부 속엔 언제나
수분이 어느 정도 포함되어 있고
특히나 더운 여름엔 땀이 계속
나온다. 이렇듯 수분을 함유하고
있는 손으로 차가운 얼음을 잡으
면 얼음이 손의 열을 급속히 빼
앗아가기 때문에 손의 수분이 얼
어붙어 얼음에 달라붙는 것이다.

잠시 혼란스러워진 나는 할말을 잃은 채 멍하니 앉아 있었다.

"빈손 씨, 무슨 생각을 그렇게 하세요?"

그녀가 걱정스러운 얼굴로 물었다.

"아, 아무것도 아닙니다."

나의 인내심도 끝내 바닥이 나고 말았다. 나는 그녀 쪽은 쳐다보지도 않고 퉁명스럽게 대답했다.

"내 정신 좀 봐. 빈손 씨 여기서 잠깐만 기다려요."

그녀는 가방을 들고 공공 화장실로 뛰어갔다.

'그래, 아름다운 여자도 볼일은 봐야지.'

나는 거의 체념의 상태가 되었다. 그러곤 얼마간의 시간이 흘렀다.

"누군지 맞혀 보세요."

그녀가 등 뒤에서 내 눈을 가린 채 물었다. 그녀의 목소리엔 여전히 애교가 뚝뚝 떨어졌지만 나에겐 아무런 감흥도 일어나지 않았다.

"어머? 누군지 모르시겠어요?"

그녀가 다시 간드러지는 말투로 물었다. 하지만 나는 대답 대신 그녀의 손을 내 눈에서 떼어냈다.

"이제 가셔야죠?"

그녀가 걱정스럽게 묻는데도 나는 얼음처럼 냉정하게 말했다. 내 목소리는 내가 생각해도 너무나 차가웠다.

"예, 저는 버스를 탈 건데, 빈손 씨는……"

그녀는 무안한 듯 우물쭈물 말했다.

나는 그녀와 지금이라도 당장 헤어지고 싶었지만 오직 매너 하나로 이날 입때껏 살아온 나로선 여자를 혼자 보낼 수 없었다.

"정류장까지 바래다 드리죠."

"아니오, 괜찮은데……"

그녀와 나는 말없이 터덜터덜 정류장까지 걸었다.

## 멀어져 가는 그녀

살짝 옆눈으로 보니 그녀는 어느새 어제의 아름다운 모습으로 돌아와 있었다. 여자의 변신은 무죄라더니……

그래도 지난 밤 나에게 설렘을 가져다 준 그녀인데… 나는 이 정도밖에 안 되는 인간인가 하는 생각이 문득 들었다.

"어, 버스가 왔네요. 저 갈게요."

그녀가 버스 위에 올랐다.

"빈손 씨, 인연이 된다면 또 만나요."

그녀는 차창 밖으로 하얀 손을 흔들었다. 자리에 앉은 뒤에도 계속해서 나를 향해 손을 흔들어 주었다. 나는 고개를 한 번 까닥 하며 씁쓸한 미소로 답례했다.

손님이라곤 그녀밖에 없었던 탓에 버스는 금세 부르릉 소리를

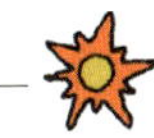



게 자리는 마음이 굳고 성실하며 사람들과 잘 어울리는 성격의 소유자이다. 뭐든지 해낼 수 있는 여유와 능력을 가졌으며 모방의 천재지만 흉내를 내는 데만 그치지 않고 모방으로부터 새로운 것을 만들어내는 창조의 재능도 뛰어나다. 감정의 변화가 심한 게 자리는 많은 사람들을 위해 보람된 일을 하는 것을 무척 좋아한다.

명쾌한 성격과 뜨거운 열정을 가진 사자 자리의 사람은 언제나 명랑하며 남의 관심의 대상이 되는 것을 좋아한다. 평상시에는 바닥까지 들여다보일 만큼 맑게 보이는 성품이지만 반드시 강한 고독감이나 쓸쓸한 기질이 숨어 있다. 이것은 독보적인 위치에서 행동하다가 홀로 남았을 때 감당해야 하는 고독감 같은 것이니 남보다 앞서거나 뛰어난 데서 오는 것이다.

내며 출발했다. 그러자 나의 마음속에서 아쉬움이 용솟음쳤다. 왠지 그녀와 좋은 친구가 될 수도 있을 것 같은 생각이 들었다.

'지금이라도 그녀를 잡자!'

나는 버스를 따라 뛰기 시작했다. 그러자 그녀가 웃으며 이제 그만 됐다는 듯 손을 내저었다.

나는 필사적으로 달려가 차창 밖으로 내민 그녀의 손을 잡았다. 그러곤 달려가면서 그녀의 손에 전화번호를 적었다.

전화번호를 다 적기가 무섭게 차는 쌩 하고 뿌연 먼지 속으로 사라져 갔다.

"전화해요!"

나는 멀어져 가는 버스를 바라보며 소리쳤다. 버스는 이내 그 모습을 감추어 버렸다. 하지만 나는 그녀가 떠난 곳에서 눈을 뗄 수가 없었다.

어휴
난 왜
되는 일이 없냐?
빠빠이
주르륵
혹시 바보라서
그런 게
아닐까?
가진 거 없이
눈만 높아~

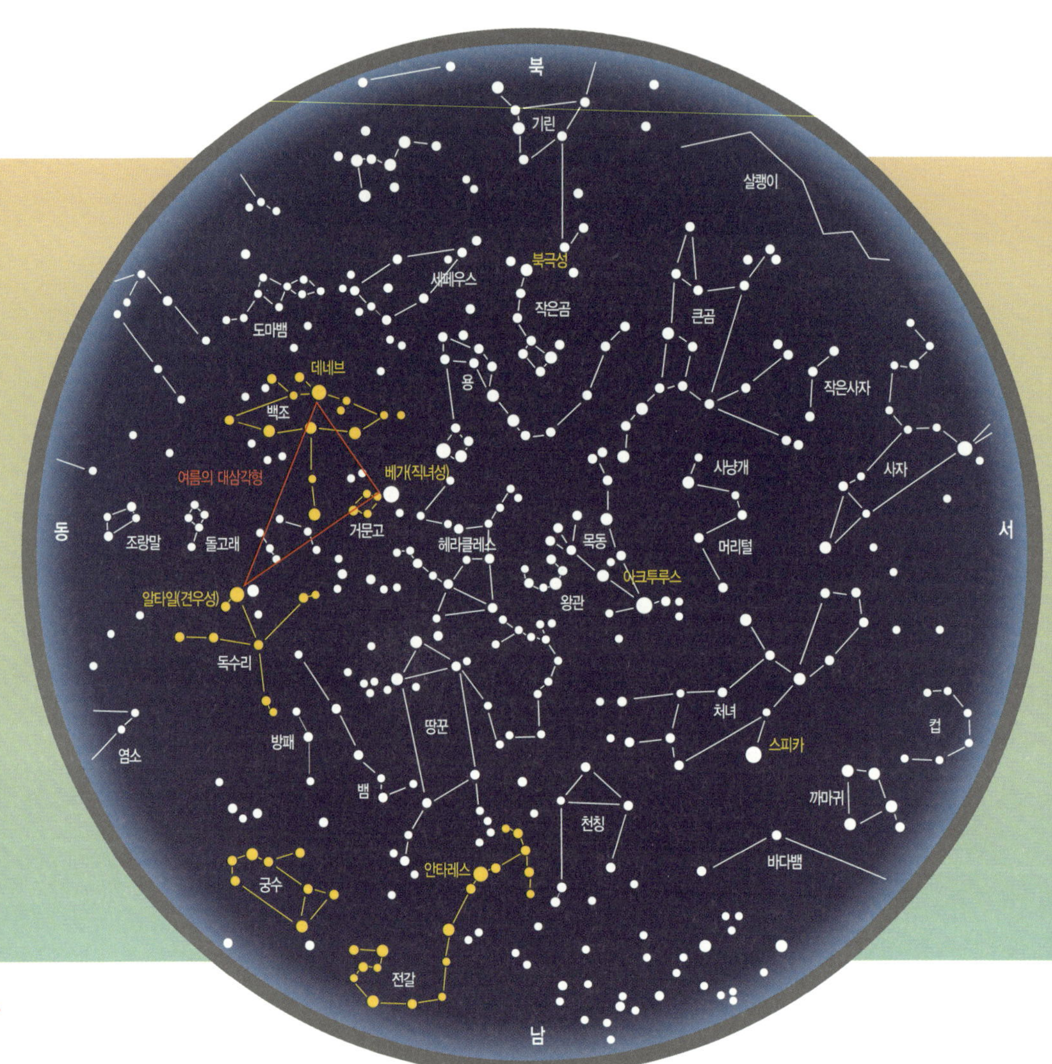

북
기린
살쾡이
북극성
세페우스
작은곰
큰곰
도마뱀
용
작은사자
데네브
백조
사냥개
사자
여름의 대삼각형
베개(직녀성)
거문고
조랑말
돌고래
헤라클레스
목동
머리털
동
아크투루스
서
알타일(견우성)
왕관
독수리
땅꾼
처녀
방패
컵
염소
스피카
뱀
까마귀
천칭
바다뱀
궁수
안타레스
전갈
남

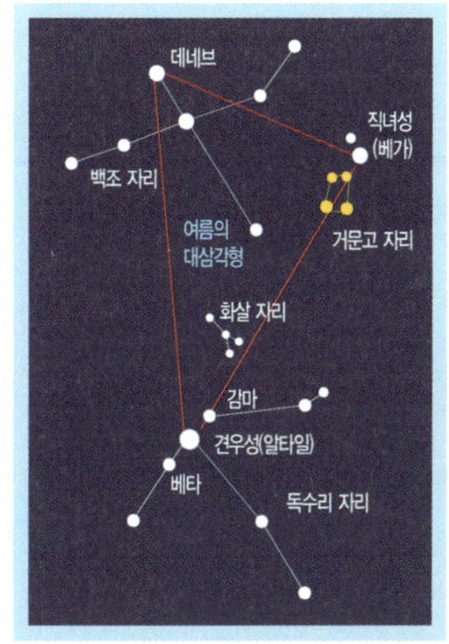


## 거문고 자리

  8월이 거의 끝나갈 무렵, 머리 꼭대기 하늘에서 유난히 반짝이는 별을 볼 수 있다. 그 밝은 별은 일 년에 한 번 연인을 만나는 슬픈 사랑의 주인공 견우와 직녀의 직녀성(베가)이다. 이 별을 중심으로 있는 별자리가 거문고 자리이다.

  베가는 별의 밝기를 정하는 기준이 되는 아주 중요한 별이다.

### 별자리를 찾는 방법

  직녀성 아래쪽으로 매달린 사각형이 바로 거문고 자리이다. 아니면 독수리 자리의 알파(α) 별 견우성과 그 위아래의 별(베타(β), 감마(γ))을 연결하여 이루는 선을 연장시켜 은하수를 건너면 직녀성을 찾을 수 있다.

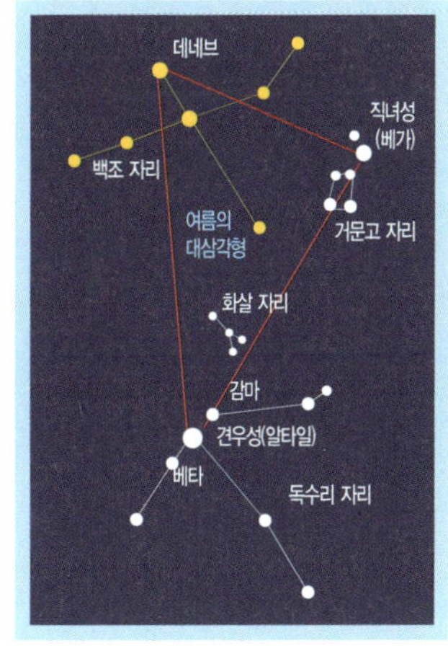


## 백조 자리

  늦여름 다섯 개의 별들이 은하수 가운데에서 큰 십자가를 그리고 있는 백조 자리는 친구를 사랑한 키구누스라는 소년의 별자리이다.

  이 별자리는 프톨레마이오스가 만든 48별자리 중 하나인데 2000년 전부터 그리스의 엘라토스테네스라는 사람에 의해 백조라고 불렸다.

  특히 이 별자리 사이에는 블랙홀(Black Hole)이 있다고 전해지는데, 이것을 〈백조 X-1〉이라고 한다. 백조 X-1은 높은 에너지의 X선을 방사하며 며칠에 한 번씩 밝기가 변한다. 두 개 별 중의 하나가 옆의 별의 대기를 흡수하면서 블랙홀 효과를 낸다.

### 별자리를 찾는 방법

거문고 자리의 직녀성 옆에 또 하나의 밝은 별이 붙어 있는데 그 옆으로 쭉 이어나가면 백조 자리의 가장 밝은 별인 데네브(Deneb)와 마주친다. 데네브는 백조 자리의 꼬리에 위치하는 별로 이것과 거문고 자리의 베가, 독수리 자리의 알타일을 연결하면 여름의 대삼각형이 된다. 북두칠성의 손잡이와 그릇 부분을 이어 북두칠성 전체 크기의 두 배 정도를 연장하면 데네브와 만날 수도 있다.

## 독수리 자리

가뉴메데스라는 아름다운 소년에게 반한 제우스가 소년을 납치하기 위해 변신한 독수리라 하여 이름붙여진 별자리이다.

여름 하늘의 은하수는 둘로 나눠지는데 이 별자리는 남쪽 은하수 중심에 자리잡고 있다. 날아 내려오는 독수리 모양으로 생긴 이 별자리의 가장 빛나는 별은 직녀의 연인인 견우의 별 알타일이다.

### 별자리를 찾는 방법

독수리 자리는 비교적 찾기 쉬운 별자리다. 여름에 머리 위를 나는 백조 자리를 우선 찾자. 그리고 은하수를 따라 남쪽으로 내려가다 보면 백조 자리와 아주 비슷한 모양의 별자리가 보일 것이다. 그것이 바로 독수리 자리다. 또 다른 방법은 〈여름의 대삼각형〉의 남쪽 별이 속해 있는 곳이 독수리 자리다.

## 궁수 자리

늦여름 남쪽 하늘 아래에 은하수가 아주 어둡게 보이는 곳이 있다. 이곳에 있는 별자리가 바로 반은 사람이고 반은 말인 용사 케이론의 별자리이다. 이 별자리에서 가장 눈에 띄는 것은

북두칠성과 아주 닮은 주걱 모양의 남두육성(南斗六星)이다.

젖먹이 아기가 사용하는 수저를 닮았다고 전해지는 이 별자리는 눈으로도 보인다. 이 별자리의 이름은 중국에서 유래된 것으로 북두칠성은 '죽음'을 지배하는 별자리로, 남두육성은 '삶'을 지배하는 별자리로 여겨졌다.

### 별자리를 찾는 방법

화살을 쏘는 모양의 이 궁수 자리의 바로 서쪽엔 커다란 전갈 자리가 자리를 잡고 있어 전갈 자리를 통해서 쉽게 찾을 수 있다. 아니면 독수리 자리의 견우성 바로 위쪽에 4개의 별이 ㅅ(시옷) 모양으로 매달린 별자리를 찾으면 된다.

## 전갈 자리

천상의 여왕 헤라 여신이 유명한 사냥꾼인 오리온을 없애기 위해 보낸 전갈의 별자리이다.

갖가지 색의 별들이 모여 있어 한여름 밤을 더욱 더 아름답게 수놓는 별자리이다.

### 별자리를 찾는 방법

전갈 자리는 남쪽 하늘을 향하여 섰을 때, 은하수가 장엄하게 지평선으로 떨어지는 곳에서 발견되는 별자리이다. 너무나도 아름답고 뚜렷하게 보이기 때문에 쉽게 찾을 수가 있다.

지평선 가까이 은하수에서 붉게 반짝이는 가장 밝은 별, 안타레스를 중심으로 15개의 별들이 S자 모양으로 이루어진 별자리를 발견할 수 있을 것이다. 바로 이것이 전갈 자리이다.

## 거문고 자리 이야기

관찰지역 : 북반구, 관찰시기 : 8월

자오선 통과 : 8월 27일 pm 9:00

별의 수(육안) : 35개

크기(서열) : 286.5°(51번째)


먼 옛날 아폴론의 아들인 오르페우스는 아버지에게서 거문고를 물려받았다.

"애야, 이것을 가지고 아름다운 연주를 해보거라."

거문고를 받아든 오르페우스는 뛸 듯이 기뻐하며 날마다 거문고를 가지고 연습을 했다. 그리고 마침내 신은 물론이거니와 인간과 짐승들까지도 그 소리에 넋을 잃을 만큼 아름다운 거문고 소리를 낼 수 있게 되었다. 어느덧 자라 청년이 된 오르페우스는 사랑하는 여인 에우리디케와 결혼을 했다. 두 사람은 서로 사랑하며 행복한 나날을 보냈다.

그러던 어느 날, 요정들과 함께 숲 속으로 산책을 나갔던 아내 에우리디케가 독사에 물려 죽고 말았다.

아내를 잃은 오르페우스는 날마다 눈물을 흘리며 슬픔의 노래를 불렀다.

어느 날, 오르페우스는 신들에게 아내를 살려달라고 부탁을 해보기로 했다. 망령들이 우글거리는 길을 지나 저승의 신인 하데스와 페르세포네가 있는 곳으로 찾아간 오르페우스는 거문고를 켜고 노래를 부르며 부탁했다.

"저승의 신들이시여! 부디 제 노래를 들으시고 제 아내에게 새로운 생명을 주소서. 저의 운명을 당신들께 맡기나이다."

오르페우스의 노래와 연주는
너무나 슬프고도 간절했다.
저승의 신인 페르세포네와 하데스는
감동하여 눈물을 흘리며 오르페우스
의 부탁을 들어주기로 했다.

"오르페우스, 네 아내가 저기에 있으니 데리고 가거라. 단, 밝은 세상으로 완전
히 나가기 전까지는 절대로 뒤를 돌아보아서는 안 된다."

오르페우스는 몇 번씩 절을 하고는 아내의 손을 잡고 길을 나섰다. 밝은 세상으
로 가는 언덕길은 너무 좁고 가파랐다.

앞장서 가던 오르페우스는 밝은 세상의 문에 다다르자 아내가 잘 따라오는지 궁
금해졌다. 약속을 어기면 안 된다고 생각을 하면 할수록 더욱 더 아내의 얼굴이 보
고 싶어졌다. 결국 오르페우스는 뒤를 돌아보고 말았다.

그 순간, 에우리디케가 저 멀리 어둠 속으로 빨려들어갔다.

오르페우스는 자신의 경솔한 행동에 대한 후회의 눈물을 흘리며 아무것도 하지
않고 날마다 슬픔의 노래만 불렀다. 그러던 오르페우스는 끝내 쓰러지고 말았다.

"이제야 아내를 만날 수 있겠군."

오르페우스는 기쁜 표정으로 죽어갔다. 요정들은 그의 시체를 장사지내 준 뒤
그가 연주하던 거문고를 강물 위에 띄워 보냈다. 이것을 본 제우스 신은 오르페우
스의 사랑을 기리며 그의 거문고를 하늘의 별들 속에 놓아 주었다.

# 외계인을 찾습니다

## 1. 아기 공룡 둘리

이름 : 둘리

성별 : 남

나이 : 계산이 불가능하다.

출현 : 남극의 거대한 빙산 조각을 타고 한강에 나타났다. 사연을 알고 본 즉 2억 년 전 빙하기에 엄마 공룡과 헤어져 이곳까지 오게 된 것이다.

인상착의 : 녹색 몸뚱아리를 갖고 있으며 손과 발, 배는 하얗다. 키는 1m가 좀 넘는다. 둥근 꼬리와 튀어나온 배, 그리고 아래로 약간 처진 눈이 매력 포인트.

특기 : 어려운 일이 있을 때마다 '호이' 라는 주문으로 초능력을 발휘, 위기를 극복한다.

취미 : 이것저것 가리지 않고 먹기, 낮잠 자기, 고길동 골려 주기, 집안 물건 박살내기, 엉뚱한 곳으로 여행 떠나기.

## 2. ET

이름 : 이티

성별 : 남

나이 : 알 수 없다.

인상착의 : 키 1m, 식빵같이 생긴 머리, 개구리처럼 튀어나온 눈, 볼록한 배와 처진 엉덩이, 물갈퀴가 있는

발, 다리에 비해 엄청 긴 목과 손가락. 어정쩡하게 걷는 모습.

  직업 : 지구에서 3백만 광년 떨어진 혹성의 식물학자

  출현 : 식물을 채취하려고 지구에 왔다가 우주선과 동료들이 그를 잠시 '왕따' 시키는 통에 혼자 지구에 남아 엘리어트네 집에 살게 된다.

  특기 : 길다란 손발 끝에서 연기 내뿜기, 레이저 광선 쏘기, 상처 순간 치료하기. 식물의 성분 혀로 분석하기, 다른 나라 언어 쉽게 익히기, 음성 합성하기.

  약점 : 맥주 서너 잔에 취해 헤롱거린다.

  취미 : 검지 손가락으로 힘 겨루기, 자전거로 하늘 날기.


### 3. 슈퍼맨

이름 : 슈퍼맨(인간명 : ○○○ 클라크)

성별 : 남

나이 : 대략 20대 중반에서 30대 초반.

인상착의 : 키 195㎝, 몸무게 101㎏. 파란 망토에 쫄바지(특이하게 바지 위에 다시 팬티를 입고 다닌다), S자가 붙어 있는 상의를 입고 근육질의 몸매를 과시한다. 클라크로 위장할 때는 멍청해 보이는 효과를 노리기 위해 검은 테 안경을 쓴다.

  직업 : 지구특공대 또는 기자

  특기 : 투시 능력, 눈에서 레이저 쏘기, 여자 안고 하늘 날기.

  버릇 : 팔짱 끼기, 한쪽 팔 하늘로 뻗치고 날기, 공중전화 박스 탈의실로 이용하기.

## 높은 곳은 정말 싫어

뿌옇게 먼지 낀 시골 버스의 창문 틈으로 달콤하고 싱그런 풀 냄새가 가득 밀려 들어왔다. 노빈손은 멍하니 바깥 풍경을 바라보며 생각에 잠겼다. 볼에 살짝 입을 맞추던 그녀의 얼굴을 떠올리자 노빈손은 자기도 모르게 얼굴이 붉어졌다.

그녀와 함께했던 별이 내리는 밤, 맑게 웃던 그녀의 얼굴. 그까짓 코 좀 곯은 게 뭐 대단한 잘못이라고. 피곤하면 코도 곯 수 있는 거지.

'그렇게 냉정하게 굴지만 않았어도 좋은 친구가 될 수 있었을 텐데…….'

노빈손은 경솔했던 자신의 행동이 너무나 후회스러웠다.

살며시 반소매 안으로 스며드는 상쾌한 바람을 느끼며 노빈손은

사람의 눈으로 느낄 때와 실제의 대상이 다르게 보이는 것을 착시라고 한다.

놀라운 착시 중의 하나가 하늘에 있는 별이 흔들리는 것으로 보이는 것이다. 마찬가지로 캄캄한 방에 전구를 하나 켜 놓고 바라보고 있으면 그 전구가 움직이는 것처럼 보인다. 이렇듯 실제로 운동하지 않는 물체가 움직이는 것처럼 보이는 것을 '자동운동 효과'라고 한다. 밤하늘에서 비행기가 부딪히지 않도록 높은 건물이나 시설물에는 빨간 전구를 켜 놓는데 이 전구를 계속 켜지 않고 일정한 시간마다 껐다가 켰다가 하는 이유도 자동 운동에 의해서 전구가 움직이는 것처럼 보이는 것을 막기 위해서이다.

천천히 현실로 돌아오고 있었다.

버스는 어느새 시골길을 벗어나 산모퉁이를 돌고 있었다. 노빈손은 바깥풍경을 좀 더 가까이 구경하고 싶은 욕심에 차창 밖으로 목을 쭉 빼고 아래를 내려다보았다. 순간 노빈손은 아찔한 현기증에 정신을 잃을 뻔했다.

'허억! 버스가 날고 있잖아?'

가끔 영화에서 날아다니는 차를 본 적이 있긴 하지만 이건 영화가 아니었다. 엄연한 현실이었다.

노빈손은 너무나 혼란스러웠다. 대체 이게 가능하기나 한 일인가? 어리둥절해진 노빈손은 주위를 둘러보았다. 더 놀라운 건 주위의 반응이었다. 수염이 텁수룩하게 난 산적 같은 아저씨는 콧노래를 흥얼거리며 바깥 풍경을 구경하고 있었고 애까지 들쳐업은 할머니는 꾸벅꾸벅 졸고 계셨다.

노빈손은 눈을 비비고 자세히 바퀴 쪽을 내려다보았다. 다시 보니 날고 있는 게 아니었다. 버스는 단지 너무나 좁은 산모퉁이를 달리고 있어서 땅이 보이지 않았던 것이다. 하지만 산길 옆은 말 그대로 끝도 보이지 않는 천길 낭떠러지였다. 어쨌거나 위험한 상황이었다. 운전사 아저씨가 자칫 커브라도 잘못 트는 날엔 황천길로 직행이었다.

노빈손에게 다시 비행기 추락 사고의 악몽이 되살아났다.

'으으으, 이러다 굴러떨어지는 거 아니야?'

노빈손은 그때부터 다리가 오들오들 떨려오기 시작했다. 등 뒤로 식은땀이 흐르고 머리털이 곤두서는 것 같았다. 마치 88열차를 타는 기분이었다. 게다가 속이 미식미식거리며 전에 없던 멀미까지 나는 것이었다.

'침착해야 돼, 노빈손.'

"우욱, 우욱."

이번엔 헛구역질까지. 노빈손의 얼굴은 이미 하얗게 질린 지 오래였다.

'정신 차려, 노빈손. 그냥 편평한 아스팔트 길을 달리고 있는 거라고 생각하면 돼잖아.'

하지만 노빈손의 생각과는 달리 버스가 낭떠러지로 굴러떨어지는 장면이 자꾸 눈앞에 어른거렸다. 노빈손은 몸을 움직이다가 자칫 체중이 한쪽으로 실려 버스가 기울까 봐 얼굴도 돌리지 못한 채 눈을 꼭 감고 빨리 이 시간이 흘러가기만을 기다렸다.

얼마나 지났을까? 오른쪽, 왼쪽으로 심하게 틀던 버스가 잠잠해진 걸 보니 위험한 산길은 내려온 것 같았다.

노빈손은 살짝 실눈을 뜨고 차창 밖을 바라보았다. 나지막한 시골집들이 간간히 눈에 띄었다.

"휴우~."

노빈손을 내려놓은 버스는 하얀 먼지를 일으키며 멀리 사라져 갔다. 어찌나 긴장을 했던지 노빈손은 다리의 힘이 쭉 빠져 그 자리에 털썩 주저앉았다. 오전인데도 햇볕이 따가웠다.

멀미는 차나 배 등의 진동으로 생기는 불쾌한 증상이다. 탔을 때뿐 아니라 움직이는 것만 보고 있어도 멀미를 하는 경우가 있는데 이것은 우리 귀에 있는 세반고리관의 중추감각과 시각의 느낌 차이에서 오는 것으로서 두 감각이 서로 반대로 느껴질 때 혼돈을 일으키는 것이다. 예를 들어 움직이는 배의 선실에 있을 때 세반고리관은 움직임을, 시각은 정지를 느끼고 입체 영화 등을 감상할 때는 시각은 움직임을, 세반고리관은 정지를 느끼기 때문에 생기는 것이다.

## 할머니에게 벗은 몸을 들키다

"이곳도 만만치 않겠군."

겨우 기운을 차린 노빈손은 집 몇 채가 모여 있는 작은 마을을 지나 산길로 접어들었다. 노빈손에게 환영인사라도 전하듯 매미 소리가 요란하게 울려 퍼졌다.

멀리서 봐도 큰 산이었지만 막상 오르려고 보니 숲이 우거질 대로 우거져 있었다.

"운전사 아저씨가 이 근처가 맞다고 했는데……."

노빈손은 전에부터 가보고 싶은 곳이 하나 있었다. 라디오에서 흘러 나오던 걸쭉한 목소리의 남자, 그 남자가 노래하던 그곳, 눈물처럼 후두둑 꽃이 진다는 절이었다.

노빈손은 맑은 산 공기를 마시며 부지런히 산을 탔다. 바람이 부니 높은 가지 위의 나뭇잎도 쏴아 하고 일제히 합창을 했다. 이상했다. 산 아래는 찜통처럼 푹푹 쪘는데, 산속은 놀라우리만큼 시원했다. 이마에 송글송글 맺혔던 땀방울도 바람을 따라 날아가 버렸다.

"아, 시원해. 역시 높은 곳은 시원해. 하기야 고도가 높을수록 온도가 내려간다고 했으니 당연히 시원할 수밖에. 게다가 숲이 이렇게 우거져서 햇빛도 잘 안 들어오고 말이야. 여름엔 역시 바다보다 산이야. 와~ 좋다."

빽빽이 들어찬 나무 위로 구멍이 뚫린 듯 하늘이 손바닥만 하게

보였다. 노빈손은 뻥 뚫린 하늘을 바라보며 길게 숨을 들이마셨다.

그러자 귀가 먹먹해 왔다. 노빈손은 손바닥으로 귀를 꾹꾹 눌렀다. 하지만 여전히 기차가 긴 터널을 통과할 때처럼 귀가 멍했다.

'으, 귀가 먹먹하다 못해 머리통이 윙윙 울리는군. 기압이 높아서인가?'

노빈손은 예전에 산으로 캠핑을 갔을 때 밥 짓던 생각이 났다. 산에서는 이상하게도 밥이 자꾸만 설익는 것이었다. 짜증이 난 노빈손이 투덜대자 선배 형은 큰 돌을 주워 와 솥뚜껑을 눌러 두면 밥이 잘될 거라고 귀띔을 해주었다.

산에서는 기압이 낮아 물이 100℃에서 끓지 않고 70~80℃에서 끓기 때문에 밥이 설익는 것이라며 코펠 안의 압력을 높이기 위해 돌을 얹어 놓는 것이라고 이야기해 주었던 생각이 난 것이다.

그러고 보니 지난번에 비행기를 탔을 때 승무원이 옆에 앉은 할머니에게 침을 삼키라고 했었다.

'침을 삼키면 몸의 압력이 조절되나 보지?'

어쨌거나 노빈손은 침을 꼴깍꼴깍 삼켜 보았다. 정말 신기하게도 귀가 뻥 뚫리는 것 같았다.

이따금 들려오는 산새소리, 졸졸 흐르는 물소리… 나뭇잎 사이로 가늘게 스며드는 바람이 노빈손의 콧등을 간지럽혔다. 아무도 없는 이곳에서 향긋한 풀과 나무 냄새에 코를 킁킁대다 보니 무인도에서의 해방감이 되살아났다.

"아, 얼마나 오랜만에 느껴 보는 자유인가!"

공기가 높은 산지를 만나면 산사면을 거슬러 올라가게 되는데, 공기가 상승하면 기압이 낮아져 부피가 팽창하게 되고, 공기의 부피가 팽창하면 기온이 낮아지게 됨에 따라 공기가 포화상태에 이르러 안개나 구름을 형성하고 심하면 비가 되어 내리게 된다. 따라서 평지에서는 좋은 날씨라도 산악에서는 비를 만나는 일이 많다.

삼림욕은 나무들이 병균으로부터 자신을 방어하기 위해 만들어 내는 방어물질인 피톤치드를 흡수하거나 접하는 활동이다. 이 물질들은 공기를 정화시키고 심폐 기능을 좋게 만들어 준다. 몸 속의 피를 맑게 해주고 피부에 닿으면 시원한 느낌을 주며 스트레스를 해소시켜 주기도 한다.

산의 모든 것이 오로지 노빈손만을 위해 존재하는 것 같았다.

자유를 만끽하고 싶은 노빈손의 머리에 언젠가 텔레비전에서 본 나체 삼림욕 장면이 떠올랐다.

"그래, 숲에 있는 나무들에게선 피를 맑게 해주고 스트레스를 해소시켜 주는 물질이 나온다고 했겠다. 허, 그렇다면……."

노빈손은 의미심장한 미소를 스윽 짓곤 훌렁훌렁 벗기 시작했다. 셔츠, 바지, 러닝… 팬티까지 벗어젖힌 노빈손은 잠시 고민에 빠졌다.

'양말을 벗어도 될까? 아니야, 아무래도 위험해. 그놈의 뱀이 언제 나타날지 모르는데 양말이랑 신발은 신고 있자.'

벗으려던 양말을 주섬주섬 다시 신는 노빈손. 벌거벗은 몸에 양말과 신발만을 신고 있는 자신의 모습이 꽤나 우스꽝스러워 보였다.

"아, 이거 스타일 안 나오네."

그러나 그게 대수겠는가. 이렇게 깊은 산속에서 옷을 벗고 있다니, 짜릿하다 못해 심장이 쿵쾅거렸다. 은밀한 계곡에서 물을 끼얹던 '선녀'의 심정을 알 것 같았다. 머리 끝에서 발 끝까지 나무의 푸른 기운이 속속들이 스며드는 것 같았다.

"나무 아래서 샤워하는 이 기분, 산이 내 몸에 들어앉는구나. 음, 이 상쾌함. 아, 산이 울고 내 심장도 운다. 야으~호!"

노빈손은 팔을 뻗어 심호흡을 한 후 약수터에서나 보았음직한 어설픈 국민체조를 한바탕했다.

131

한여름에 얼음이 얼 수 있을까? 그렇다. 실제로 우리나라에는 그런 현상이 일어나고 있다. 이것은 단열냉각 현상으로 설명할 수 있는데, 단열냉각 현상이란 낮은 온도에서 포화상태에 이른 공기가 높고 건조한 대기와 만날 때 급격한 팽창 현상이 일어나 주위의 열을 빼앗아감으로써 주변 온도가 갑자기 내려가는 현상을 말하는 것이다.

예컨대 에어컨의 찬 바람이 따뜻한 대기 속으로 나올 때 에어컨 바람구멍에 물방울이 맺히는 것과 같은 현상이다.

얼음골은 돌밭의 바위 틈으로 들어간 따뜻한 공기가 바윗더미 속에서 식어 아래쪽으로 내려온 뒤 다시 뜨겁고 건조한 대기 속으로 흘러 나와 거의 포화상태에 있던 공기가 급격히 팽창하면서 바위 표면의 열을 빼앗아가는 것이라 추측하고 있다. 그러나 이와는 다른 의견도 있어 아직까지는 정확한 원인을 알 수 없다.

"아, 시원한 물 한잔 마셔야겠다."

노빈손은 근처에 있는 돌무더기 계곡에서 뽀끔뽀끔 솟아오르는 옹달샘에 입을 대고 물을 마셨다.

'꿀꺽.'

"으, 내 이빨!"

갑자기 노빈손은 얼굴을 심하게 일그러뜨리며 고통스런 표정을 지었다.

"와아, 너무 시원해서 이가 다 시리네."

노빈손은 옹달샘을 자세히 들여다보았다. 물속엔 얼음까지 둥둥 떠 있었다. 주위의 돌무더기들이 예사롭지 않게 보였다.

"그렇다면 여기가……."

한여름에 얼음이 얼었다가 처서가 지나면서 녹는다는 신비스러운 이상저온 지대, 그 이름도 냉랭한 얼!음!골! 그곳은 바로 얼음골이었다.

"와, 진짜 신기하다. 이게 말로만 듣던 그 얼음골이구나. 아직 이 얼음골의 비밀이 미스터리로 남아 있다고 했지? 어쨌든 자연은 참 신기하단 말이야."

꼬르륵~.

엥! 뭔가 과학자적인 탐색을 하는 지금 웬 초치는 소리. 국민체조를 너무 열광적으로 해서 과다한 에너지가 소모되었는지 갑작스레 허기가 밀려온 것이다. 노빈손은 푹 꺼지다 못해 등짝에 달라붙은 배를 안쓰럽게 어루만졌다. 바로 그때였다.

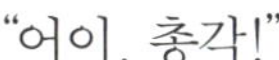

"어이, 총각!"

허억! 노빈손은 너무 놀라 숨이 멎는 것만 같았다. 소리가 나는 쪽을 돌아다보니 백발에 망태기를 짊어진 자그마한 체구의 할머니가 숲 속에서 불쑥 튀어나와 성큼성큼 다가오는 게 아닌가. 할머니는 머리가 하얗게 쉰 데다가 하얀 적삼까지 입고 있어 무척 괴기스러워 보였다.

노빈손은 경계하는 눈빛으로 물었다.

"누, 누구세요?"

"너야말로 누구여? 누군데 아침나절부터 산에서 춤을 추고 난리여… 옆동네 방앗간집 아들이 정신이 오락가락해서 벗고 날뛴다더니 아이고, 참말인개비네. 쯧쯧쯧. 어째야 쓰까? 젊은 나이에……."

"아, 아니, 그게 아니라요……."

노빈손은 할머니의 속사포같이 쏟아져 나오는 말에 잠시 어리둥절해하다가 겨우 우물우물 한마디했다.

"아니긴 뭐가 아니여. 보니께 딱 국화빵인디."

할머니는 눈을 가늘게 뜨고는 노빈손을 위아래로 훑어보며 말했다. 할머니의 시선을 좇던 노빈손은 그제서야 자신이 발가벗고 있다는 사실을 깨달았다.

"엄마야!"

배낭으로 몸을 가린 채 후다닥 바닥에 주저앉은 노빈손. 얼굴까지 벌겋게 달아올랐다.

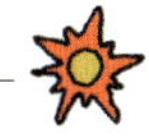



-식물의 성장이 왕성한 6월 ~10월이 최적기이다.

-나무들이 물질을 내뿜는 작용은 아침에 가장 왕성하기 때문에 바람이 없는 맑은 날, 시간은 오전 10~12시에 공기가 잘 통하는 가벼운 티셔츠에 반바지 차림으로 하는 것이 좋다.

-어린 나무보다는 수명이 오래된 나무가 좋으며 활엽수보다는 침엽수림이 좋다.

-산 밑이나 꼭대기보다 산 중턱 숲 가장자리에서 100m 이상 깊이 들어간 숲일수록 좋다.

음식물이 뱃속으로 들어오면 위와 장은 위장 속에 있는 공기와 음식물을 섞어 함께 운동을 한다. 그러나 식사 때가 되었는데도 음식물이 들어오지 않으면 대신 위장 속에 있는 기체 성분들끼리만 장의 운동에 따라 움직이게 된다. 이때 나는 소리가 꼬르륵 소리이다.

"아이고 뭘 그려. 이미 다 봤는디. 부끄러운 걸 아는 거 보니께 제정신으로 돌아왔나벼. 안 볼 텐께 후딱 입어."

할머니가 혼잣말을 하는 동안 노빈손은 헐레벌떡 옷을 주워 입었다.

"헥헥, 할머닌 여기서 뭐하고 계셨어요?"

노빈손이 신경질적으로 할머니에게 물었다.

"너 춤추는 거 구경하고 있었지."

"네에? 언제부터요?"

"언제부터는… 니가 옷 벗고 난리칠 때부터지."

기가 막힌 노빈손은 따지듯이 할머니에게 말했다.

"근데 왜 기척도 안 하셨어요?"

"너 같으면 기척했것냐?"

"할머니!"

노빈손은 가자미눈을 해 가지고 할머니를 째려보며 소리쳤다.

"아, 귀청 떨어지것다. 하여간 덕분에 존 구경했다."

꼬르륵~. 또다시 노빈손의 배에서 민망한 소리가 흘러나왔다.

"저런 밥도 못 먹었는게비네. 하긴 한낮에 산속에서 그 난리를 쳤으니 배도 고프것제. 내 주먹밥 싸온 거 좀 있는데 먹을터?"

좀 전에 할머니한테 신경질내던 앙칼진 모습은 어디로 가고 노빈손은 주먹밥을 넙죽 받아선 입이 터져라 쑤셔넣었다.

"아, 매워! 할머니, 너무 매워요. 여기에 뭐 넣으셨어요?"

노빈손의 입에서 불이 났다. 노빈손은 어쩔 줄 몰라 하며 입에

손부채질을 해댔다.

"정신이 번쩍 나제? 그것이 이 할미의 장기인 고추주먹밥이여."

맵긴 했지만 맛있는 고추주먹밥을 걸신들린 것처럼 게걸스럽게 먹어치우고 나자 조금 민망해진 노빈손은 괜히 두리번 두리번 주변을 둘러보았다. 나무 아래로 부서지는 몇 가닥의 햇살 사이로 새 둥지가 보였다. 새 둥지 안에 뭔가가 있는 것 같았다.

검회색의 기다란 털로 뒤덮여 있는 보송보송한 막대가 삐죽 튀어 나와 있었다.

'새가 알을 품고 있나? 새털로 보기엔 너무 기다란데……'

"할머니, 저것 좀 보세요. 저게 뭐예요?"

궁금증이 발동한 노빈손의 눈이 빛나기 시작했다.

"뭐가 보인다는 거여? 눈이 침침해서……"

할머니는 눈을 비비며 노빈손이 가리킨 곳을 바라보았다.

"저거 안 보이세요? 다람쥐예요."

노빈손은 벌떡 일어나 나무 둥치를 잡고 흔들었다.

"아이구, 밥 잘 먹고 웬 소란이여!"

놀랐는지 녀석이 쪼르르 튀어나왔다.

"이그, 저건 청설모여!"

할머니가 말했다.

"청설모요? 다람쥐처럼 생겼는데……"

"이이, 좀 비슷하게 생겼지만 자세히 보면 많이 달러. 다람쥐는 줄무늬가 있고 쬐깐하지만 청설모는 다람쥐보다 손가락 크기만큼

매운 맛을 느끼는 곳은 혀가 아니라 입 안의 점막인데 매운 맛을 내는 성분인 캅사이친이 점막을 자극하여 그 자극이 뇌에 전달되면 맵다고 느끼게 된다. 매운 음식이 위로 들어가 위벽을 자극하면 위는 금세 따뜻해지는데 이를 냉각시키기 위해 혈관이 늘어나고 신진대사가 활발해져 땀이나 콧물이 나오게 되는 것이다.

여름철새는 봄에 남쪽에서 날아와 우리나라에서 번식하고 가을철에 월동하기 위해 남쪽으로 다시 내려가는 새를 말한다. 현재 목격되고 있는 여름철새는 황로와 쇠백로 등 백로류를 비롯해 개개비, 개개비사촌, 꼬마물떼새, 흰물떼새, 쇠제비갈매기, 해오라기, 검은댕기해오라기 등이 있다.

더 크고 색깔도 훨씬 진하다니께."

노빈손은 청설모가 움직이는 것을 보려고 힘껏 나무를 흔들어댔다. 그러나 워낙 큰 나무라 별 미동이 없었다. 청설모는 약을 올리려는 듯 노빈손의 머리 위에 도토리 한 알을 떨어뜨렸다.

"아니, 저게? 너 거기 못 서!"

"놔둬. 멧비둘기 둥지에서 자고 나와서 잠이 들 깼나 본디."

"낮잠이라구요? 그것도 비둘기 둥지에서요?"

"내 오랜 세월 동안 산을 다니면서 저눔들 하는 짓이 하도 신기해 유심히 봤지. 저눔들은 집이 서너 개씩은 될 거여, 아마. 도토리나무나 상수리나무 근처에 먹이를 먹고 쉴 수 있는 집을 엉성하게

만들어 놓지. 가끔 남의 빈 둥지에서 낮잠도 자고. 새는 알을 낳고 새끼가 자라면 둥지를 뜨니께."

"그럼 여러 개 되는 둥지를 옮겨 다니면서 사나요?"

"새끼 낳아서 기르는 본집은 따로 있고, 도토리 같은 양식이 많은 곳에다 사람으로 치면 임시집, 그러니께 거시기… 말하자믄 가건물 같은 걸 지어 놓고 임시로 옮겨다니면서 쉬고 하는 거여."

다시 호기심이 발동한 노빈손은 직접 눈으로 확인하고 싶어졌다. 나무를 타려고 바짝 매달려 봤지만 계속해서 미끄러지고 말았다.

"나무도 안 타본 놈이 어디라고, 관둬."

"저 안에 뭐가 있는지 보고 싶어요. 전 보고 싶은 건 꼭 봐야 하는 성미거든요."

"성미 한번 고약시럽네. 안 봐도 뻔하다니께. 새 깃털 몇 개 있것지, 뭐."

"안 보고도 어떻게 그렇게 잘 아세요?"

"암, 그뿐인 중 알어? 저것들은 솔방울 까먹는 데 10초도 안 걸려. 게눈 감추듯이 후딱이지. 상수리 열매를 떨어뜨리고는 후다닥 둥지로 나르는 걸 봤는데, 얼마나 빠른지 몰러."

"먹이는 둥지에 쌓아 놓나요?"

"아녀, 저놈들이 얼마나 숭악한지, 땅속에 묻히지 않을 정도로 땅 위에 얹어 놓고는 낙엽으로 덮어 둔다니께. 호도나 밤, 상수리 같은 열매를 감춰 두고 하나씩 꺼내 먹지. 청설모라는 놈들은 쌍으

로 사는디 땅에서는 그래도 느린 편이여. 일단 나무에 올라가면 얼마나 빠른지 몰러. 눈 깜짝할 새에 여기 있던 놈이 금세 다른 나무에 가 있다니께……."

"그렇게 빨라요?"

"보고도 몰러? 청설모란 놈들은 저그들 본집은 안 사는 척 위장하려구 사람 보면 멀리 도망가는데 저런 새 둥지나 본집이 아닌 데서는 사람 약올리고 도망도 잘 안 가. 아까처럼 열매 따서 되려 사람 머리에 던진다니께."

"어어, 할머니. 저기 보세요. 저게 다람쥐군요. 와 여긴 동물의 왕국 같아요. 이런 동물들을 이렇게 가까이에서 보다니……."

"이 산에 널린 게 청설모고 다람쥔디, 웬 호들갑이여?"

"다람쥐도 남의 둥지에서 쉬어 가나요?"

"그건 모르것다. 내 눈으로 본 적은 없응께, 대개 다람쥐란 놈들은 땅속 바위굴에 사는디, 양식을 쌓아 놓고 한 개씩 꺼내서 바위 위에서 까먹지. 청설모 하고 다람쥐는 생긴 건 비슷해도 하는 짓은 영락없이 다르다니께. 참말로 신기하지?"

"네, 진짜 신기해요. 어릴 때 동물원에서 쳇바퀴 돌리는 불쌍한 다람쥐만 봤는데, 여기서 나무 타는 거 보니까 진짜 실감나요."

점점 더 신이 난 노빈손은 이것저것 할머니에게 물어댔다.

"와, 이 꽃 이쁘다. 할머니 이 꽃 이름은 뭐예요?"

"이이, 며느리밥풀꽃이여. 시어머니한테 밥도 못 얻어먹고 구박만 받던 며느리가 굶어죽어서 핀 꽃이라는구먼. 에구 내 이럴 때가

아닌디. 비 올지도 모른다고 했는디… 내는 이제 내려갈랑께 비 오기 전에 너도 싸게싸게 올라가거라.”

할머니는 나물 망태기를 챙기곤 부리나케 내려갔다. 할머니의 하얀 뒤통수가 사라지자 노빈손은 괜히 허전한 마음이 들었다.

노빈손은 할머니가 해준 이야기를 생각하며 며느리밥풀꽃을 들여다보았다. 분홍빛의 여리게 생긴 꽃이 예쁘게 피어 있었다.

‘이 속에도 꿀이 들어 있을까?’

노빈손이 꽃봉오리에 손을 넣은 순간이었다.

“아악!”

벌을 보고 팔을 허우적거릴 사이도 없이 순식간에 당한 일이었다. 너무 아파서 정신이 얼얼한 와중에도 손톱을 세워 침을 빨리 빼냈다. 다행히도 침은 쉽게 빠졌다. 상처 부위를 쪽쪽 빨아 퉤퉤 뱉은 노빈손.

“아우, 도대체 벌은 왜 이렇게 나를 좋아하는 거야.”

노빈손은 무인도에서 했던 대로 조용히 바지 지퍼를 내렸다. 그리고 자연산 암모니아수로 손 끝을 샤워시켰다.

“음, 향기 나는 상비약이군.”

여름에는 굵은 비가 많이 내린다. 비는 그 굵기에 따라 각각의 이름이 있다. 채찍처럼 굵게 좍좍 쏟아지는 채찍비, 굵직하고 거세게 퍼붓는 작달비, 빗방울의 발이 보이도록 굵게 내리는 발비, 물을 퍼붓듯 세차게 내리는 억수, 이것들은 장대비, 줄비, 된비, 무더기비 따위와 함께 모두 큰비를 나타내는 이름들이다. 특히나 여름비는 ‘잠비’라고 하는데 여름에 비가 오면 할 일이 없어져 잠을 많이 자게 된다고 해서 붙은 이름이다.

## 너, 호 혹시… 배앰?

노빈손은 나뭇가지 하나를 꺾어 풀숲을 툭툭 치며 어슬렁 어슬렁 걸어 올라갔다. 한참을 올라온 것 같은데도 암자는 그림자조차 보이지 않았다.

'제대로 가고 있는 거 맞나?'

노빈손은 가만히 서서 주변을 두리번거렸다. 그때 노빈손의 눈에 새빨갛게 익은 산딸기가 들어왔다. 이게 웬 떡인가? 노빈손은 산딸기 있는 곳으로 달려가 입가가 벌겋게 되도록 정신없이 따먹었다.

"엥, 이게 뭐지?"

뭔가 물컹한 것이 노빈손의 발에 느껴졌다. 그 순간 불길한 예감이 노빈손의 뒤통수를 강타했다.

"호… 혹시, 배… 뱀?"

역시 뱀이었다. 놀란 노빈손은 뒷걸음치다가 뱀을 한 번 더 밟았다. 뱀이 화가 났는지 노빈손의 발등 위로 기어올라왔다.

"으악, 어 어떡해?"

노빈손은 급한 대로 옆에 떨어진 나뭇가지를 주워서 발등 위의 뱀을 밀어내려 했다. 그러자 뱀이 이번엔 나뭇가지를 말고 올라오는 게 아닌가? 거뭇거뭇한 뱀은 징그럽게 구불댔다. 화려한 색깔의 뱀일수록 독이 없다고 했는데, 회색과 갈색이 섞인 어두운 빛깔인 것으로 보아 독사가 틀림없었다.

노빈손은 놀라서 나뭇가지를 던졌지만 애석하게도 나뭇가지는 바로 발 앞에 떨어지고 말았다. 그 짧은 순간 노빈손의 머리 속에 많은 생각들이 스쳐 지나갔다.

'어, 어쩌지? 죽은 척해야 하나? 아니지, 그건 곰이지. 그럼 나무에 올라가야 하나? 아니지, 뱀은 나무를 더 잘 탈 텐데. 물에 뛰어드나? 물이 없잖아. 아, 어쩌지. 그래 우선 마음을 가라앉히고……'

노빈손의 등줄기로 식은땀이 뱀처럼 스멀스멀 흘러내렸다. 그때 떠오른 생각!

1. 환자를 가만히 눕힌다.
2. 필요한 경우 상처를 깨끗한 물로 씻는다.
3. 물린 부분을 심장보다 낮게 한다.
4. 물린 부분에서 5~10cm 위를 끈이나 수건 등으로 묶어 독이 퍼지지 않도록 한다. 자신이 있으면 칼로 상처 부위를 자르고 독을 입으로 빨아낸다. 독을 먹어도 위산에서 분해되지 않아 괜찮으나 만약 입 안에 상처가 있을 때 빨면 위험하다.

"아, 맞아. 뱀은 뒤로 못 가지!"

노빈손은 뱀을 응시하며 뱀의 꼬리 쪽으로 걸음을 옮겼다. 그러곤 180도 휙 돌아 눈썹이 휘날리도록 내달렸다.

"엄마야, 나 살려!"

나뭇가지에 긁히고 돌뿌리에 걸려 넘어지면서 노빈손은 한참을 달려 올라갔다.

"휴우~ 더는 못 쫓아오겠지? 무서운 놈! 아무래도 담뱃재를 뿌리면서 다녀야겠군."

노빈손은 배낭끈을 추스리고 신발끈도 고쳐 묶었다. 그리고 담배를 꺼내 길가에 뿌리면서 산에 올랐다. 그때 풀 속에서 뭔가 펄쩍 뛰어올랐다.

"엄마야!"

노빈손은 놀라 반사적으로 움찔 물러나다 뒤로 넘어졌다.

"에? 개구리잖아."

자라 보고 놀란 가슴 솥뚜껑 보고 놀란다더니. 노빈손은 잠시 숨을 몰아쉬고 손으로 부채질을 했다. 그런데 뭔가 느낌이 안 좋았다. 엉덩이에 느껴지는 물컹한 느낌과 고약한 냄새. 그러나 벌떡 일어났을 때에는 이미 너무 늦어 버렸다. 그렇다면 아직도 배설자의 체온이 느껴지는 듯한 이 볼일의 주인은?

"허억! 할머니이!"

## 해우소 폭파 사건

속옷과 바지를 갈아입고 얼마쯤 산을 올랐을까? 숨이 턱까지 찬 노빈손의 귀에 단아한 풍경소리가 은은하게 들려왔다.

'음, 저기가 암자인가 보군!'

생각보다는 작고 조용한 암자였다. 암자 뒤에는 대나무 숲이 펼쳐져 있고 대나무 숲 뒤에는 노송이 우거져 있었다. 아직 필 계절이 아니어서인지 동백꽃은 보이지 않았다. 이따금 대나무 숲에선 쏴아 하는 바람소리가 들려왔다.

밥 때가 된 것 같은데 암자에선 아무 냄새도 나지 않았다. 거한 밥상을 기대한 건 아니지만 허기진 상황이고 보니 무엇보다 밥 생각이 간절해진 노빈손은 쿵쿵거리며 암자 주변을 돌아다녔다.

"누구시오?"

화들짝 놀란 노빈손은 가만히 뒤를 돌아보았다. 인자한 모습의 노스님이었다.

"아, 안녕하세요. 저는 여행 중인 학생입니다. 노빈손이라고……."

꼬르륵~.

다시 뱃속에서 밥 달라고 항의 시위를 벌였다. 다시 붉어지는 노빈손의 얼굴.

"시장하신가 보군요. 점심공양부터 하시지요."

"공양이요? 전 별로 가진 게 없는데……."



불교에서는 부처와 절, 스님에게 올리는 정신적, 물질적인 모든 것을 '공양'이라고 한다. 공양이라는 말에는 두 가지 뜻이 있는데 첫째는 식사를 한다는 뜻이고, 둘째는 부처에게 바친다는 뜻이다. 식사를 의미하는 바리공양을 할 때는 소리를 내지 말아야 하고 이를 보여서도 안 된다. 이 바리공양은 구걸로 한 끼를 때우며 수행했던 부처님의 정신을 이어받자는 뜻을 담고 있다고 한다.

트림은 위에 있던 가스가 식도를 통해 구강으로 역류해 나타나는 현상이다. 주로 식후에 트림이 잘 나오는데, 이는 식사 중에 음식과 함께 위로 들어간 공기가 나오는 것으로 물을 마신 후 나오는 트림도 같은 이유에서이다. 또한 탄산이 많이 포함된 음료수 즉 콜라, 사이다, 맥주 등을 마신 후에도 트림이 나오는데 이는 음료수에 녹아 있던 이산화탄소가 기체 상태로 빠져 나오기 때문이다. 트림으로 배출되지 못한 가스는 방귀로 방출되기도 한다.

"하하하, 그냥 저를 따라오시면 됩니다."

노빈손은 조촐한 방으로 들어가 점심을 먹었다. 방 한쪽에는 이불을 얹는 작은 옷장과 다기상, 책 몇 권, 벽에 걸린 승복이 전부였다. 온통 심심한 나물반찬뿐이었지만 밥맛은 꿀맛 같았다. 다 먹자 스님들은 밥그릇에 물을 부어 밥풀을 닥닥 긁은 후 후루룩 마셨다. 노빈손도 스님들이 하는 대로 따라했다.

"꺼억!"

거하게 트림을 하고 나자 2차 코스가 노빈손을 기다리고 있었다.

"배불리 먹었으니 화장실을 가볼까?"

스님이 화장실이라고 알려 준 곳에 가니 입구에 '해우소(解憂所)' 라고 적혀 있었다.

"근심을 덜어내는 곳이라, 음 이름 한번 멋지군."

노빈손은 화장실 안으로 폴짝 뛰어들어갔다.

허억! 갑자기 숨이 턱 막혀 왔다. 역한 암모니아 냄새가 무지막지하게 노빈손의 코를 찌르는 것이었다. 화장지로 코를 막고 눈을 질끈 감았다. 독한 기운이 눈을 자극해 눈까지 매웠다.

"헤에헤에, 흡!"

숨을 참았다 뱉기를 여러 번. 시간이 좀 지나니 후각이 둔해져서인지 아까보다는 한결 견딜 만했다.

"와, 얼마나 오래된 것들일까? 정말 냄새가 장난이 아니네."

철퍼덩!

노빈손의 몸 밖을 나간 불순물이 바닥에 착지하는 소리가 한참 있다 저 아래에서 들려왔다.

"와, 굉장히 깊나 보군! 한번 빠지면 도저히 못 헤어나오겠는걸? 여보쇼, 여보쇼, 거기 밑에 누구 있어요?"

노빈손은 힘 주다 말고 화장실 밑을 향해 소리쳤다. 소리는 메아리치며 화장실 안에 웅웅 울려퍼졌다.

그때였다. 갑자기 노빈손의 머리 속에 한 가지 생각이 떠올랐다.

'맞아, 이렇게 오래된 화장실이면 이 안에 메탄가스가 가득 차 있겠네. 메탄가스는 불에 잘 탄다고 했는데. 여기에 불 붙이면 어떻게 될까? 폭발할까? 에이 설마, 불이 붙으려구… 불이 붙나, 안 붙나 한번 붙여 볼까?'

호기심이 발동한 노빈손은 주섬주섬 주머니에서 성냥을 찾았지만 성냥이 없었다.

'어떻게 불쏘시개를 만들지? 괜히 부엌에 들어갔다간 의심받을 텐데……'

노빈손은 가만히 무인도에서의 기억을 되살렸다.

'카메라 렌즈를 대신할 만한 게 뭐 없나?'

노빈손의 머리에 돋보기를 쓰고 있던 노스님의 얼굴이 떠올랐다. 노빈손은 황급히 노스님 방으로 달려갔다. 다행히 노스님은 나가고 안 계셨고 마침 책상 위에는 돋보기 안경이 덩그라니 놓여 있었다.

황급히 양지바른 뜰로 달려나간 노빈손은 양철로 된 쓰레받이

화장실에 정말 불이 붙을까?

배설물, 특히 대변은 특유의 냄새(구린내)가 나는데 메탄($CH_4$)이라는 물질의 냄새이다. 이 메탄가스는 불에 잘 탄다. 메탄뿐만 아니라 메탄 계열의 탄화수소들은 모두 불에 잘 탄다. 따라서 화장실에 메탄가스가 오랫동안 고여 많은 양이 쌓이게 되면, 불이 붙어 화재가 발생할 수도 있다.

그러나 현대식 화장실은 도시 전체가 연결되어 있어 메탄가스가 고이지 않으므로 화재가 날 염려가 없다.

원시는 물체의 상이 망막 뒤쪽에 맞혀 먼 곳은 잘 보이나 가까운 곳은 잘 보이지 않는 경우로, 대부분 안구의 굴절력에 비해 안축(안구의 전후 길이)이 짧은 경우에 나타나며 볼록렌즈로 시력을 교정한다. 이에 비해 근시는 먼 곳은 확실히 보이지 않지만 가까운 곳은 잘 보는 눈으로 안축의 길이가 길거나 각막 또는 수정체의 굴절력이 지나치게 강한 경우에 나타나며 교정을 위해서는 오목렌즈를 사용한다.

위에 신문지를 뭉쳐 두고 스님의 돋보기 안경으로 빛을 모았다. 오 분이 지나고 십 분이 지나고…….

연기가 꼬실꼬실 올라오더니 드디어 불이 붙기 시작했다. 노빈손은 불씨를 얹은 쓰레받이를 들고 부리나케 화장실로 달려갔다. 길게 심호흡을 한 뒤, 화장실 문을 열고 불쏘시개를 냅다 변기 안으로 집어던졌다.

펑!

노빈손은 왁자지껄한 소리에 뒤척이다 부시시 눈을 떴다. 낯선

방 안의 풍경이 눈에 들어왔다.

"어, 스님 방이네. 내가 왜 여기 누워 있지?"

노빈손은 어리둥절해하며 아까부터 시끌벅적한 밖을 내다보기 위해 방문을 열었다. 짙은 연기 사이로 정신없이 우왕좌왕하는 스님들의 모습이 아른아른 보였다. 생각해 보니 노빈손은 화장실에 불을 붙이고 기절했었다. 아마도 기절해 있는 노빈손을 스님들이 방안에 눕혀 놓은 모양이었다.

'음, 정말 불이 붙었나 보군.'

마치 커다란 깨달음을 얻은 양 고개를 크게 끄덕이는 노빈손. 절에서 몸소 확인한 깨달음이라 기쁨도 더 컸다.

스님들은 불을 끄느라 정신이 없는 것 같았다. 누구도 노빈손의 존재에 대해 생각지 못하고 있는 것 같았다. 불을 낸 사람이 노빈손이라는 사실도.

배낭을 둘러멘 노빈손은 두 손을 모으고 합장을 한 후 불에 검게 그을린 스님들의 이마를 뒤로한 채 유유히 암자를 빠져 나왔다.

'그럼 스님들은 이제 어디서 볼일을 보시지?'


## 노빈손, 물귀신을 만나다


암자에서 조금만 내려오면 마을일 줄 알았는데 벌써 몇 시간째 산속을 헤매고 있는 것 같았다. 노빈손은 이제 더 이상 걸어 내려

산에서 불이 잘 나는 이유 중의 하나는 바람 때문이다. 조그마한 불씨도 순식간에 옮겨 버리는 것이다.
바람은 고도가 높아질수록 더욱 강해진다. 10~12㎞ 상공에는 제트기류라고 하는 50~100㎧의 강한 바람이 부는 곳도 있다.

한낮을 뜨겁게 달구던 매미 소리
가 조용해지고 해질 무렵이 되면
숲 속에서 풀벌레들의 소리가 들
려온다. 메뚜기, 풀무치, 여치, 귀
뚜라미 등등. 이 풀벌레들은 늦
여름부터 가을까지 숲 속을 누비
며 정겨운 소리를 낸다.
이 벌레들이 우는 이유는 주로
풀 속에 숨어서 보이지 않는 제
무리들에게 신호를 보내는 것인
데 수컷끼리는 자신의 영토이니
가까이 오지 말라고 위협하는 것
이고 암컷에게는 자신이 어디에
있는지를 알리는 것이다.

갈 기운도 없었다. 그냥 아무 데나 쓰러져서 자고 싶은 마음뿐이었
다. 해는 떨어져 주위는 벌써 어둑어둑해 있었다. 조금만 더 내려
가면 마을이 보일 것도 같은데 갈수록 낯선 길이었다. 올라올 때의
그 길이 아닌 것 같았다.

'아무래도 길을 잃은 것 같아.'

노빈손은 그만 울상이 되고 말았다.

'어디로 가야 하지? 이러다 멧돼지라도 나타나면, 아까 봤던 뱀
이라도 만나면……."

풀벌레 소리가 점점 크게 들려오고 날은 금세 깜깜해졌다. 낮에
는 짙푸르렀던 숲도 검고 아득하게 느껴졌다. 숲에서 당장 뭐라도
불쑥 튀어나올 것만 같았다. 하늘의 달도 공포영화에서 보았던 그
달처럼 괴기스럽게 느껴졌다. 늑대 울음소리가 들려올 것만 같았
고 커져 버린 그림자가 금방이라도 덮칠 것만 같았다.

노빈손은 큰 소리로 아무 노래나 불러댔다. 물론 언제나 그렇듯
노빈손의 자작곡이었다. 꽥꽥 부르고 나니 조금 무서움이 가시는
듯도 했다.

"맞아, 길을 잃었을 땐 계곡을 따라 내려가면 된다고 했지!"

노빈손은 멋진 생각을 해낸 스스로가 너무나 대견스러웠다. 그
러나 그것도 잠시.

"하지만 풀벌레 소리 때문에 물소리가 안 들리는걸. 무인도에서
처럼 막대 그림자를 이용할 수도 없고……."

노빈손은 다시 막막해졌다. 수풀이 무성한 곳을 뒤져 보기도 하

고 풀벌레 소리가 나는 곳으로 쫓아가 보기도 하였지만 허탕이었다. 언젠가 텔레비전에서 보았던 수맥 찾는 기구가 생각난 노빈손은 Y자 모양의 나뭇가지를 꺾었다. 그리고 나뭇가지의 양끝을 잡고 느낌이 오는 곳으로 걷고 또 걸었다.

그러나 막대기가 과학적이지 않은 건지 아니면 사용법을 모르는 건지 한참을 나뭇가지를 잡고 헤맸지만 물은 찾을 수 없었다.

'어쩌지? 정말 길을 잃었나 봐.'

지쳐 버린 노빈손은 막대기를 휙 던지고 털썩 주저앉아 하늘을 올려다보았다. 별들이 여전히 아름답게 빛나고 있었다.

"저건, 북극성. 저건, 카시오페이아… 칫, 그런 거 알면 뭐해. 여기선 써먹을 수도 없는데……."

개골개골개골.

노빈손이 한참 집생각에 빠져 있는데 어디선가 개구리 소리가 들려왔다.

"에이, 뭐야! 저게 괜히 더 무섭게 하고 있어. 쳇."

노빈손은 개구리 소리가 나는 쪽을 향해 돌멩이를 신경질적으로 집어던졌다.

휘이익~ 첨버덩!

"어, 이건?"

노빈손은 반가운 마음에 돌멩이가 날아간 쪽으로 달려갔다. 그곳엔 정말 계곡물이 흐르고 있었다.

"와, 물이다, 물! 이제 길 찾는 건 시간 문제군. 고맙다, 개굴아!"

개구리는 주로 물속이나 진흙 속에서 운다. 사람들은 폐로 들이마신 공기를 조금씩 입 밖으로 토해 내면서 목구멍에 있는 성대를 진동시켜 소리를 내는 반면, 개구리는 성낭이라고 하는 특수한 주머니를 가지고 있어, 한번 들이마신 공기를 곧바로 입 밖으로 내보내지 않고 이 성낭에 모아 두고는 폐로 흡입하여 몇 번이라도 발성에 사용할 수가 있다.

옛날 사람들은 물에 빠져 죽은 사람이 귀신이 되어 물속에 머물러 있다가 그 물에 들어오는 사람을 잡아당겨 물에 빠뜨린다고 믿었다.

그래서 사람이 물에 빠져 죽으면 물귀신이 되어 해꼬지하지 않기를 바라며 고사굿을 지내 죽은 사람을 위로하는 풍습이 있었다.

물귀신이라는 말은 자기가 궁지에 빠졌을 때 다른 사람까지 끌어들이려는 사람을 이르기도 하고 말이나 행동거지 또는 생김새가 몹시 흉하고 해괴한 사람을 비유할 때 사용하기도 한다.

노빈손은 개구리한테 뽀뽀라도 해주고 싶었다.

'맞아, 생각해 보니 개구리 왕눈이도 연못에서 피리를 불었잖아. 그래, 개구리들은 물가에서 운다구!'

신이 난 노빈손은 혼자 북 치고 장고 치고 난리를 쳤다.

맑은 계곡물이 달빛을 받아 반짝이고 있었다. 마침 목이 마르던 노빈손은 물가로 성큼성큼 들어갔다. 물을 마시려고 고개를 숙이는데 물에 자신의 모습이 비쳤다. 순간 섬뜩한 생각이 들었다.

"이거 어째 으스스한걸."

노빈손은 황급히 물 밖으로 나오려고 발을 뗐다. 그런데 오른쪽 발이 빠지지 않았다. 밑에서 누군가가 자신의 발을 잡아당기는 것 같았다.

"허억, 뭐 뭐야?"

갑자기 여행 오기 전날 보았던 공포영화가 떠올랐다. 순간, 노빈손의 등에 싸한 냉기가 전해지며 소름이 쫘악 끼쳤다.

"놔, 이거 놔!"

노빈손은 얼굴이 하얗게 질린 채 물속에서 계속 허우적댔다. 왼발에 힘을 잔뜩 준 채 혼신의 힘을 다해 오른발을 빼려 했지만 그러면 그럴수록 물속으로 점점 더 빠져드는 것 같았다.

"엄마아, 놔! 놓으란 말이야!"

노빈손은 울먹이며 소리소리쳤다. 얼마나 힘을 썼던지 노빈손의 등은 흠뻑 젖어 있었다. 이제 노빈손은 제정신이 아니었다. 땀에 젖은 머리를 휘날리며 광인처럼 발악하는 노빈손은 그 자체가 공포영화였다. 의지와는 상관없이 푸닥거리하듯 몸은 몸대로, 마음은 마음대로 두려움에 날뛰는 것이었다.

젖 먹던 힘까지 끌어내던 노빈손, 오른 다리를 양손으로 부여잡고 정말 죽을 힘을 다해 당겼다. 순간 '퐁' 하고 발이 빠졌다.

첨버덩!

노빈손은 발이 빠짐과 동시에 물 위에 넘어지고 말았다. 발이 빠진 곳에선 뿌연 연기가 피어오르고 있었다.

"아니, 겨우 돌 틈에 끼었던 거야?"

좀 전엔 너무 무서워 아무것도 눈에 들어오지 않았던 것이다. 그저 무작정 발을 빼려고 했으니…….

어이도 없고 지치기도 한 노빈손은 허탈해진 마음으로 한참을 계곡 옆에 앉아 있었다.

"아, 이럴 때가 아니지. 얼른 내려가야지."

노빈손은 다시 힘을 내 계곡을 따라 내려갔다. 얼마나 내려갔을까? 풀이 많고 편평한 풀밭이 눈에 띄었다. 지칠 대로 지친 노빈손은 털썩 주저앉았다. 이젠 별로 무섭지도 않았다. 풀벌레 소리가 친근하게 느껴지기까지 했다. 계곡 물이 넓어지는 걸로 봐서 거의 다 내려온 것도 같았다.

풀밭은 의외로 포근했다.

노빈손은 플래시를 옆에 켜 놓고 봉긋이 솟은 풀밭에 머리를 기댄 채 살며시 누웠다.

"조금만 쉬었다 가자."

물은 진정 작용이 있어 정신적 흥분을 가라앉히는 데 효과가 있다. 흥분이 되거나 마음이 잡히지 않을 때 물 한 컵은 마음을 차분히 가라앉혀 준다. 심지어는 물을 마시거나 실제 물을 보지 못하고 물소리를 듣는 것만으로도 마음이 진정된다. 사람이 기절하여 정신을 잃었을 때 찬물을 끼얹으면 곧 정신이 돌아와 깨어나는 것을 볼 수 있다.

곤충은 자신의 체온을 조절하지 못하기 때문에 온도가 내려가는 밤에는 주변 공기와 같은 온도로 체온이 떨어져서 활동을 하지 못한다. 밤 동안에 얼어죽지만 않는다면 해가 솟아오르고 몸에 내려앉은 이슬이 마를 때쯤 곤충들은 다시 정상적으로 활동하게 된다. 가을만 되면 사라지고 없던 모기들이 요즘 초겨울까지 왱왱거릴 수 있는 이유도 실내가 따뜻해졌기 때문이다.

편안한 휴식을 취하려는 찰나,

타다다닥, 타닥.

어디서 날아왔는지 갖가지 나방들이 플래시로 달려드는 것이었다. 어느새 플래시는 나방들로 인해 불빛이 거의 보이지 않게 되었다.

"으, 으으 이게 뭐야? 나, 나방이잖아. 이런 징그러운 것들! 저리 못 가!"

플래시를 휘휘 저어 봤지만 나방들은 찰싹 달라붙어서 떨어질 생각을 안 했다.

"이것들이! 이젠 별게 다 속을 썩이네."

화가 난 노빈손은 매정하게 플래시를 확 꺼버렸다. 어둠 속에 덩그러니 앉아 있는 노빈손. 그때였다. 어디선가 번쩍번쩍하는 불빛이 노빈손의 눈에 들어왔다. 너무나 반가웠다. 아, 이 얼마나 애타게 그리던 사람의 자취인가?

"여기예요. 여기요!"

노빈손은 소리를 지르며 빛이 나는 곳으로 달려갔다. 그런데 참으로 이상했다. 그 불빛은 달려가면 멀어지고 또 달려가면 멀어지고 하는 것이었다. 귀신에 홀린 것만 같았다.

'내가 잘못 본 건가? 아닌데 분명히 여기서 빛났는데…….'

다시 돌아보니 저쪽에서 또다시 불빛이 새어 나오고 있었다.

'숲에도 신기루가 있나?'

노빈손은 이리저리 빛을 쫓아 뛰어다녔다.

죽을 힘을 다해 겨우겨우 빛이 나는 곳에 도달한 노빈손.

"엥, 이게 뭐야, 벌레잖아."

노빈손은 실망이 이만저만이 아니었다.

"이게 바로 반딧불이인가 보군? 이것들이 나를 속여? 에잇, 가만 안 두겠다!"

잠깐 동안이었지만 이제는 무서움 끝 행복 시작일 거라고 좋아했던 노빈손은 분한 마음에 반딧불이 한 마리를 잡아 조물락거리며 간지럽히기도 하고 알밤까기도 하고 새우꺾기도 하며 이리저리 살펴보았다.

"고놈 쬐만 한 게 꽤 밝네! 어디 어디 오호라, 꽁무니에서 빛이 나오는 거구나. 하, 신기하네."

반딧불이는 깜빡깜빡 빛을 내며 노빈손의 손바닥 안에서 꼼지락거렸다. 반딧불이를 쥐고 있는 손이 환하게 그 모습을 드러냈다. 작은 반딧불이지만 주위가 환해지는 느낌이었다.

한참을 놀다 그것도 시들해진 노빈손은 다시 풀밭에 팔베개를 하고 누웠다. 누워서 하늘을 보니 또다시 집 생각이 났다. 엄마의 잔소리도 그립고 뜨뜻한 바람만 나오던 선풍기도 생각나고 투정만 부리던 말숙이도 보고 싶어졌다.

'말숙이는 지금 뭘 하고 있을까?'

쏴아~.

바람이 불었다. 차가운 한기가 몸속으로 찌릿하게 전해져 왔다.

"좀 춥네."

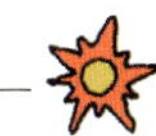



영국에선 14세기까지만 해도 한 해를 여름, 겨울로만 나누었다. 봄은 16세기부터, 가을은 14세기의 한 시인에 의해 쓰기 시작한 말이라고 한다.

그래서 여름과 겨울 사이의 늦더위에 관한 이름이 많다. '작은 여름', '주저하는 여름' 등등. 미국에서는 이 늦더위를 인디언 섬머라고 불렀는데 그것은 인디언이 꼭 이맘 때쯤에 쳐들어왔기 때문이라고도 하고, 인디언처럼 변덕스럽기 때문이라고도 한다.

신문지를 덮으면 따뜻하다. 그것은 신문지가 바깥의 찬바람과 기운을 잘 막아 주고 열을 흡수하고는 잘 내놓지 않기 때문인데 그 이유는 신문지를 구성하는 종이의 굵기가 미세하고 결이 촘촘하며 두께가 일정하기 때문이다.

노빈손은 가방을 뒤적이며 뭐 덮을 만한 게 없을까 찾아보았다. 마침 여행 떠나 오던 날 터미널에서 샀던 신문이 눈에 띄었다.

"그래, 노숙자들이 전철역에서 신문을 덮고 자는 걸 본 적이 있어. 의외로 따뜻할지도 몰라. 이거라도 좀 덮자."

노빈손은 꼬깃해진 신문을 펼쳐서 덮고 누웠다. 신문은 생각보다 훨씬 따뜻했다. 참 신기한 일이었다.

금방이라도 쏟아질 듯한 여름 밤의 별들을 바라보며 집 생각을 하던 노빈손은 자기도 모르게 스르르 잠이 들어 버렸다.

꿈에서 노빈손은 엄마를 만난 걸까? 잠자는 얼굴에 미소가 가득했다.

얼마나 지났을까? 노빈손의 눈이 번쩍 떠졌다.

"어, 언제 잠들었지?"

화들짝 놀라 일어난 노빈손은 사방을 둘러보았다. 여전히 주변은 깜깜했다. 반딧불이도 어느새 집으로 돌아갔는지 보이지 않았다.

다시 노빈손에게 무서움이 찾아들었다. 빨리 산을 내려가야겠다는 생각에 배낭을 들쳐맨 노빈손의 눈앞에 푸른빛이 아스라히 보였다. 노빈손은 손으로 더듬으며 엉금엉금 그곳으로 기어갔다. 그 빛은 둥그런 언덕배기에서 나오고 있었다.

'저건 또 무슨 빛이지? 왜 땅 밑에서 올라오는 거지?'

온통 의문투성이였다. 무서운 와중에도 호기심이 다시 발동한

노빈손은 어둠 속을 더듬어 플래시를 찾았다. 그리고 그 언덕배기를 자세히 비추었다.

그 언덕배기는 너무나도 낯익은 것이었다. 전에 여러 번 본 적이 있는…….

퍼뜩 노빈손의 머리에 스치는 것이 있었다. 노빈손은 '설마 아니겠지' 하며 주변으로 천천히 플래시를 비췄다. 아주 천천히…….

역시나 주변엔 모두 비슷한 크기의 언덕배기들이 붕긋붕긋 솟아 있었다.

"여, 여긴 무, 무덤?"

그랬다. 거긴 바로 무덤이었던 것이다.

"엄마야, 노빈손 살려!"

노빈손은 걸음아 날 살려라 젖 먹던 힘을 다해 뛰어 내려갔다.

그때 노빈손의 머리 속에 드는 한 가지 의문.

'그럼 저 빛은 뭐지? 시체의 눈에서 나오는…….'

"으악!"

노빈손은 더 이상 제정신이 아니었다. 돌뿌리에 걸려 넘어지고 풀숲에 긁히면서 미친 듯이 산을 내려갔다. 그러면서 생각했다.

'이젠 정말 집으로 갈 거야.'

(노빈손의 계절 탐험 시리즈 '가을' 편에서 계속됩니다.)

**무덤에서 왜 빛이 날까?**

사람의 뼈에 들어 있는 인이라는 성분은 밝은 곳에서 빛을 흡수하였다가 어두운 곳으로 옮기면 푸르스름한 빛을 어둠 속에서 한동안 내뿜는다. 이렇게 인에서 나는 빛을 '인광'이라고 한다. 산속에 있는 오래된 무덤을 돌보지 않고 내버려두었다가 동물들에 의해서 무덤이 파헤쳐지면 시체의 뼈가 드러나 인광이 보일 수도 있다.

## 맹꽁이, 개구리 그리고 두꺼비

### 맹꽁이

**특징** 놀라운 가창력. 장마철에 절규하는 듯한 우렁찬 울음소리는 거의 세계적인 소프라노 조수미 수준.

**생김새** 볼따구니가 양옆으로 퍼지고 입이 툭 튀어나온데다가 끝이 뾰족한, 아주 개성 있는 외모를 지님. 몸 길이 4cm 정도에 타원형의 검은 눈동자. 청자색이 섞인 황색 등, 그리고 터질 듯 아주 빵빵한 몸매는 다른 동물들의 부러움을 사고 있음.

**장점** 비록 얼굴은 좀 망가졌어도 뒷다리가 앞다리보다 2배나 길기 때문에 높이뛰기를 아주 잘함.

**습성** 부끄러움이 많아서 숨어 지내다가 장마철만 되면 몸이 근질거려서 뛰쳐나옴.

**가족사항** 6~7월경에 알을 낳는데 알들은 4개 정도가 한 팀을 이루어 뭉쳐서 돌아다님.

**제일 기분 나쁜 일** 멍청한 사람들에게 맹꽁이라고 부를 때.

### 두꺼비

**특징** 심술궂은 외모와 귤껍질같이 오돌토돌한 피부.

**생김새** 외모는 기분 나쁘지만 개구리와 비슷. 몸 길이는 2~25cm이고 건장한 몸과 부끄럽게도 짝달막한 다리를 가지고 있음.

**장점** 피부에 나 있는 오돌돌한 돌기 속에서 독이 분비되어 적들의 눈이나 점액질 피부에 염증을 일으킴. 마음에 안 들게 굴면 적을 마비시키거나 죽일 수도 있음(무섭지?). 비밀인데 이 독들은 눈 뒤쪽의 귀밑샘에 집중되어 있음.

**습성** 밤에 싸돌아다니는 걸 좋아하고 어둡고 축축한 곳만 골라다님.

**가족사항** 힘 닿는 데까지 숨풍숨풍 수천에서 수만 마리의 알을 낳음. 그러나 시기하는 무리들이 많기 때문에 물속에서 자라는 식물체 안에 알을 꼭꼭 숨겨 둠.

**하고 싶은 말** 약 3억 6천만 년 전에 최초로 등장한 역사적인 동물이 바로 나여!

## 개구리

**특징** 가장 유명한 양서류.

**생김새** 아주 매끄럽고 촉촉한 피부를 자랑함. 뒷발에 물갈퀴가 있어 도약도 하고 헤엄도 칠 수 있음. 밑으로 내려올 때 날개 같은 게 펴지는 친구도 있음. 몸 길이는 2.5~30㎝이고 종류가 많음. 수컷의 인두 부분에는 커다란 바깥울음주머니가 있음.

**장점** 위장술의 천재. 어떤 친구는 주위 환경에 따라 몸의 색을 변화시키기도 함. 배 부분이 밝은 색이어서 움직일 때마다 번들거려 적을 교란시킴.

**가족사항** 일 년에 한 번 민물에 알을 낳음. 태어난 알은 자립심을 키워 주기 위해 내버려두면 자기들끼리 뭉쳐서 물 위에 떠 있거나 수초 줄기에 붙어 있음.

**가장 슬펐을 때** 황소개구리란 놈이 나타나서 개구리 망신 다 시켰을 때.

## 여 름 밤 모 기 의 횡 포 이 대 로 좋 은 가 ?

한여름 열대야에 몸서리를 치다 지쳐 겨우겨우 잠들어 제정신이 아닐 때 나타나 헌혈하지 않겠느냐고 물어 보지도 않고 애, 어른, 아줌마, 처녀 할 것 없이 허벅지며 발바닥이며 심지어 남사스럽게 엉덩이 피까지 빨고 사라져 버리는 모기! 게다가 지독한 가려움까지. 이대로 당하고 살 수는 없다. 이제 모기와의 전쟁을 선포한다!

### 우리는 지금까지 어떻게 당하고 살았나?

1. 금쪽 같은 피를 빼앗기고 헌혈증서도 받지 못했다.
2. 밤새 온몸에 손톱자국이 나도록 긁게 만들었다(여름에는 조금만 움직여도 더운데). 뿐만 아니라 다음 날 핏발 선 눈으로 나타나 공포감을 조성하게 했다.
3. 특히 눈을 물렸을 때는 앞이 안 보일 뿐 아니라 우스꽝스러워져 사람들의 놀림감이 되곤 했다. 또 가끔 발바닥을 물어 가려움과 간지러움이라는 두 가지의 고통을 안겨 주었다.
4. 뇌염이니 말라리아니 하는 무시무시한 병을 옮기겠다고 위협을 하여 끔찍한 예방주사를 맞게 했다.

### 모기는 자기 혼자 잘 살아 보겠다고 피를 빠는 것이었다.

모기가 피를 빠는 이유는 알을 낳기 위해서였다. 임신한 암놈은 알을 키우기 위해 동물의 피 속에 들어 있는 단백질이 필요했던 것이다. 그뿐이 아니다. 피를 빨아먹는 도중에 피가 응고되지 않게 하기 위해 우리의 몸에 이상한 침액을 주입시켰다. 이것이 바로 가려움증의 원흉이 되었다.

모기는 아무나 물지 않는다. 꼭 나만 문다. 기분 나쁘게 모기도 사람을 차별한다. 그렇다면 대체 모기는 어떤 사람을 좋아하는가?

모기는 땀을 흘려서 수증기가 생긴 살갗을 예민하게 감지하고 입이나 살갗에서 나는 이산화탄소나 유산에 대해서도 민감하게 반응한다. 즉 모기가 좋아하는 사람은,

1) 적색, 청색, 검은색을 좋아하여 7m 거리에서부터 색깔을 구별하며 달려든다. 그러므로 덜 물리려면 밝은 색 옷을 입어야 한다.

2) 땀 냄새가 나거나 체온이 높은 사람을 좋아한다.

3) 화장품 냄새나 암모니아, 즉 방귀 냄새는 20m 밖에서부터 맡고 달려든다 (방귀를 뀌지 않게 절대 보리밥과 고구마와 우유와 계란을 함께 먹지 않는다).

4) 가만히 있는 사람보다 움직일 때 더 달려든다.


우리의 대처 방안

1. 모기향이나 살충제를 살포한다(가장 확실하나 인체에도 해롭다).

2. 파리채를 이용한다(환경 친화적 방법이긴 하지만 힘이 많이 든다).

3. 모기 한 마리를 죽인 다음 목을 매달아서 거실에 걸어 놓는다(지나가는 모기가 보고 지레 겁을 먹고 도망친다 ─ 믿거나 말거나).

4. 초음파기를 사용한다(모기들은 300~400MHz의 음파를 가장 싫어한다).

5. 헤어 스프레이를 뿌려 박제를 만든 후 꼼꼼히 관찰한다(적을 알고 나를 알면 백전백승).

# 

## 여름 곤충들의 생태

### 매미

① 난 처음엔 알이었어. 그러다 번데기가 되었지. 옷을 5번 벗어서 겨우 지금의 매미가 된 거야.

땅속에서 2~5년, 많게는 13~17년을 생활하다 겨우 매미가 되었는데 겨우 2주밖에 살지 못해. 흑흑!

② 내가 왜 우냐구? 암컷을 유혹하려구. 가끔 크게 소리를 지르기도 해.

여치나 메뚜기는 날개나 다리를 비벼서 울지만, 난 뱃속에 얼개가 있어서 그 속에서 소리가 나. 특이하지?

③ 요즘 내 목소리가 커졌다구? 그건 내가 말매미이기 때문이야. 난 원래 목청이 좋거든.

게다가 환경오염으로 내 천적인 새, 거미, 사마귀 등이 많이 없어져서 더 신이 나서 그래.

## 따리

① 내 날개는 원래 네 개였어. 그런데 뒷날개는 하도 쓰지 않
  아서 하얀 살점이 돼버렸어. 하지만 이게 내 몸의 평형을
  유지해 준다구. 날개를 떼도 '윙' 하고 소리가 나는 건 이
  뒷날개가 진동하기 때문이야.

② 내가 스파이더맨처럼 보이지 않니? 난 아무 데나 척척 잘
  붙어 있을 수 있어. 미끄러운 유리창에도. 어떻게 그럴 수
  있냐구? 내 다리 끝에는 기름이 나오는 털이 있거든. 이게
  갈고리 역할을 해서 안 미끄러지는 거야.

③ 뭘 잘못해서 발을 비비고 있냐구?
  아니야, 발에 먼지가 붙으면 자꾸 미끄러지거든. 그래서
  먼지를 털어내는 거야.
  이건 비밀인데 난 발로 맛을 보기도 해.

# 반딧불이

① 나는 개똥벌레라고도 해. 1년 정도 사는데 알에서 애벌레로, 다시 번데기로 변신했다가 6월이 되면 멋진 반딧불이가 돼. 하지만 어른이 되어서는 15일밖에 살지 못해. 뭘 먹냐구? 다슬기와 이슬만 먹고 깨끗한 곳에서만 살아.

② 내가 빛을 내는 이유는 꽁무니에 있는 발광세포에 루시페린이란 화학물질이 있거든. 숨을 쉬느라 들이마신 산소를 그 화학물질이 산화하여 파란빛을 내기 때문이야. 이 빛으로 친구들이랑 얘기도 하고 여자 친구도 사귀지. 뜨겁진 않아.

③ 내 친구들이 200마리 정도 모이면 신문도 읽을 수 있어. 옛날 사람들은 우리들을 잡아서 책을 읽기도 했고, 호박꽃 속에 우리를 넣어 호박꽃 초롱도 만들었대. 꽁무니를 이마에 문질러서 귀신놀이도 했대.

① 나는 밤에만 다니는데 너무 어두워서 어디가 어딘지 잘 안
   보여. 그래서 빛이 나는 곳이 있으면 그곳을 향해 날아가
   거든. 근데 요즘은 번쩍이는 게 너무 많아서 헷갈려. 점점
   작게 동그라미를 그리며 빛나는 곳을 향해 맴돌아 들어가
   다 잘못해서 전구에 부딪히거나 타 죽는 친구도 있어.

② 나비랑 나는 좀 달라. 나비는 낮에 다니고 나는 밤에 다녀.
   나비는 색깔이 산뜻하지만 난 좀 칙칙해. 나비는 쉴 때 날
   개를 등 뒤로 접고 쉬지만 난 날개를 쫙 펼치지. 나비에게
   는 곤봉 모양의 더듬이가 있고 나에겐 밋밋한 깃털 모양의
   더듬이가 있어.

③ 난 주로 관상용 나무나 관목 또는 목화·옥수수·토마토
   등의 농작물을 먹거든. 그래서 본의 아니게 사람들에게 피
   해를 주곤 하지. 가끔 독을 가진 친구들도 있어.

# 미술관 옆 식물원



### 1. 섬초롱꽃

한여름 밤, 바닷가 풀밭을 거닐다 보면 줄기에 옹기종기 매달려 있는 자줏빛의 초롱불을 만날 수 있다. 금방이라도 맑은 종소리가 울려 퍼질 것 같은 섬초롱꽃은 울릉도에서만 자란다.

50㎝ 정도의 키에 부숭부숭한 털이 나 있는 이 꽃은 연한 자줏빛 바탕에 짙은 점이 있으며  꽃 길이가 3~5cm이고 잎은 긴 타원형이다. 8월에 활짝 피는 섬초롱꽃의 꽃말은 '상냥한 사람은 변치 않는다'.

### 2. 모싯대

8~9월, 숲 속의 약간 그늘진 곳에서 예쁜 보라색 꽃을 피우는 모싯대.

가느다란 바람에도 이리저리 흔들리는 모양이 마치 종이 울리는 모습 같다. 40~100cm 정도의 키에 잎이 어긋나게 나 있으며 타원형 또는 피침형이고 잎 밑은 둥글고 가장자리에 톱니가 나 있다. 흰꽃이 피는 흰모싯대도 가끔 볼 수 있다.

### 3. 수련

잠자는 연꽃이라는 뜻을 가진 수련은 연못에서 자라는 아름다운 꽃이다.

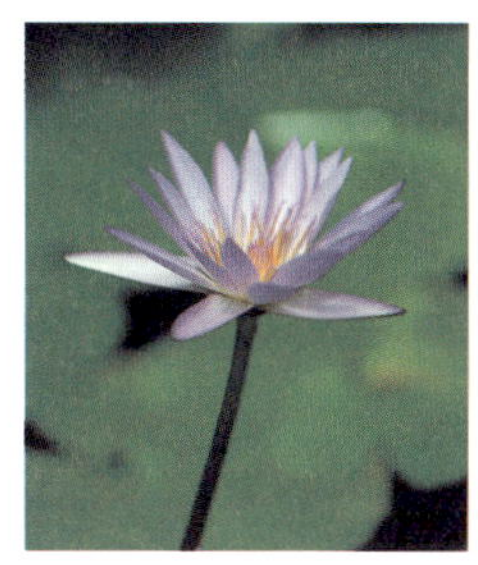

아침에 피었다가 저녁에 오므라드는 이 꽃의 뿌리는 물 밑 흙 속에 있고, 잎과 꽃이 수면 위에 두둥실 떠올라 있다.

여러해살이 풀로 6~8월에 희거나 붉은 꽃을 피우며 타원형의 둥근 잎이 모여 나는데 길이는 5~12㎝ 정도이다. 수련의 꽃말은 '순진한 마음'.

### 4. 해바라기

한여름 또 하나의 태양. 원래 고향은 북아메리카 대륙이다. 화가 고흐가 무척 좋아하여 즐겨 그렸다는 해바라기.

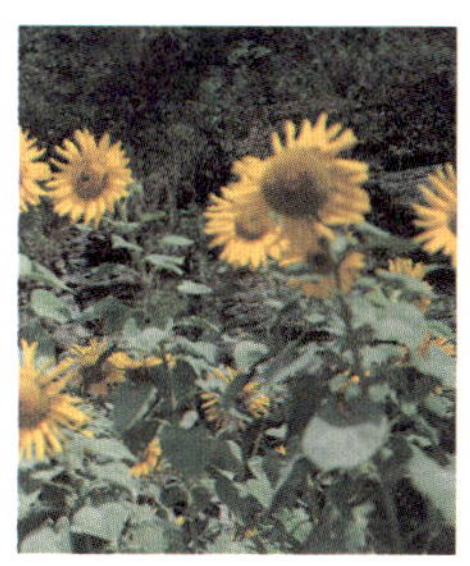

페루의 나라꽃이기도 한 해바라기는 자외선을 반사하여 곤충들을 모은다. 국화과에 속하는 한해살이 풀이며 작은 꽃잎이 모여 하나의 꽃을 피우는 두상화이다.

### 5. 금낭화

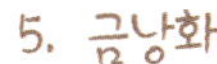

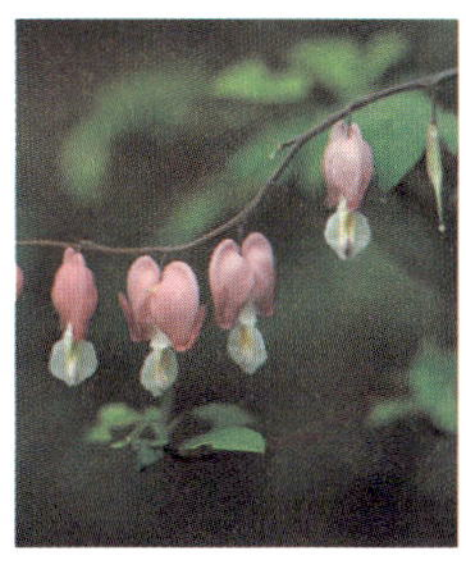

깊은 산속 초원에서 주렁주렁 꽃을 피우는 금낭화는 심장 모양의 꽃이 예쁜 주머니처럼 생겨 지어진 이름이다.

키는 40~80cm 정도 자라며 5~7월에 꽃을 피우는 이 꽃은 여러해살이 풀로 연한 분홍색인데 가끔 흰 꽃을 피우기도 한다. 그러나 귀여운 모습과는 달리 독성을 가지고 있다.

금낭화의 꽃말은 '당신을 따르겠습니다'.

### 6. 끈끈이대나물

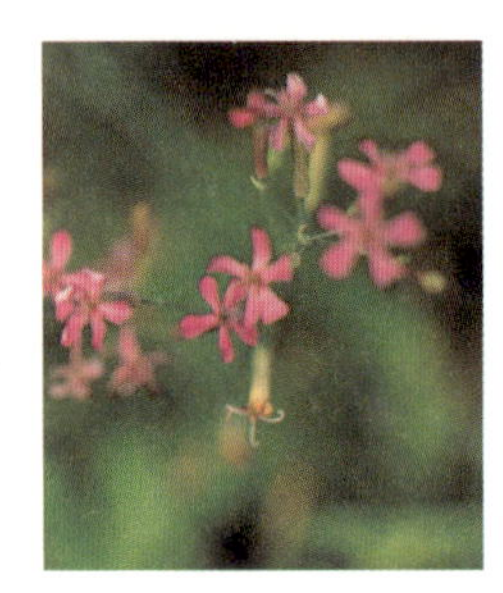

재미있는 이름의 이 꽃엔 언제나 개미들이 철썩 달라붙어 있다. 줄기에서 끈끈한 점액이 분비되기 때문이다.

산과 들보다는 강가나 바닷가에서 꽃을 피우는 끈끈이대나물은 높이가 무릎 정도까지 오며 한두해살이 풀로 전체에 하얀 분을 바른 것 같다. 꽃은 엄지 손톱만 하며 붉은색이나 흰색이다. 끈끈이대나물의 꽃말은 '함정'.

### 7. 매발톱꽃

산골짜기 양지에서 6~8월에 갈색 빛이 도는 자주색 꽃을 피우는 매발톱꽃은 꽃의 모양이 매의 발톱과 닮아 붙여진 이름이다.

상큼한 풀꽃 내음을 풍기는 이 꽃은 키가 1m로 훌쩍 크고 잎이 2~3조각으로 갈라지며 꽃처럼 생긴 5개의 꽃받침이 매의 발톱처럼 구부러져 있다. 매발톱꽃의 꽃말은 '허공'.

### 8. 술패랭이

옛날 보부상이나 민초들이 갓으로 쓰던 패랭이를 닮은 꽃, 술패랭이. 꽃술이 실오라기처럼 갈라져서 바람에 하늘거리는 모습은 너무나 우아하다.

깊은 산속에서 7~8월에 꽃을 피우는 여러해살이 풀로 키는

50~100cm 정도 자라며 꽃대는 가늘지만 마디가 있다. 술패랭이의 꽃말은 '나는 싫어요'.

### 9. 달맞이꽃

서쪽으로 깊은 황혼이 물들면 피어나는 달맞이꽃. 밤이 깊어질수록 야릇한 향기를 풍겨내는 달맞이꽃은 아침 햇살이 다시 붉게 비춰 올라오기 시작하면 달님과 이별을 하며 꽃망울을 접는다.

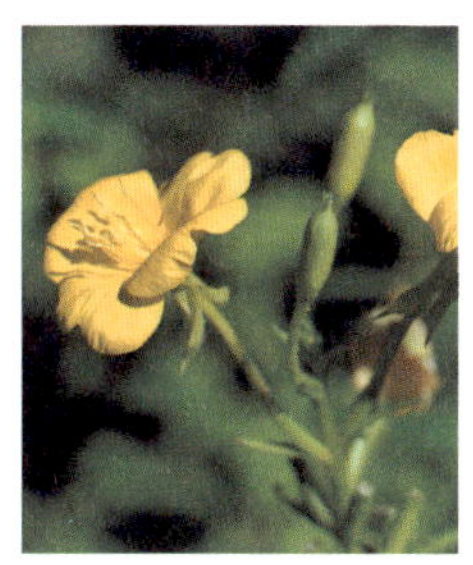

두해살이 풀인 이 꽃은 끝이 옴폭 파인 꽃잎이 4장 있어서 언뜻 보면 8장처럼 보이기도 한다. 키가 60~90cm로 줄기에 창모양의 잎이 층층이 자란다. 늘 달빛을 기다리는 달맞이꽃의 꽃말은 '기다림'.

### 10. 털중나리

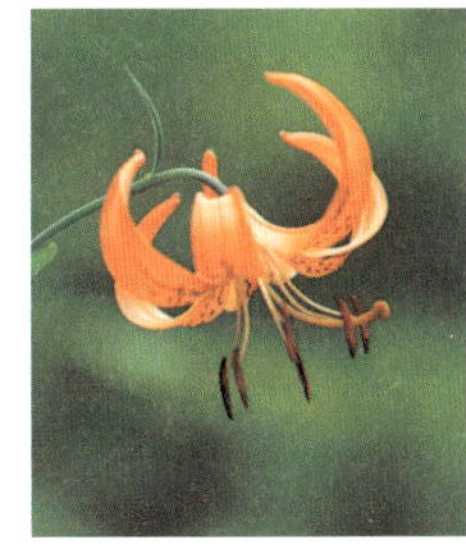

햇볕이 잘 드는 양지에 벌들을 유혹하려는 듯 화려한 꽃을 피우는 털중나리. 화려한 모습만큼이나 강인한 이 꽃은 키가 1m 정도로 높이 자라며 몸에 숭숭한 잔털이 많이 나 있다.

꽃잎 길이는 3~7cm로 피침형이며 주황색 꽃 안쪽에 자주색 반점이 있다. 6~8월에 피는 털중나리의 꽃말은 '화려함'.

## 여름 과일과 채소

### 포도

알알이 탱글탱글 탐스런 포도는 중앙아시아가 원산지로 우리나라에 고려 때 들어왔다고 한다.

색이 진하고 알이 굵은 것일수록 달고 맛있다. 알이 잘 떨어지고 쭈글거리는 것은 오래된 것이다. 가지 쪽이 가장 달고 송이의 제일 끝부분이 제일 시다.

포도의 주성분인 포도당이나 과당은 피로 회복에 효과적이다. 또 건포도는 미네랄이 풍부하고, 질병을 앓거나 앓은 후의 체력 회복과 빈혈 예방에도 좋다.

### 복숭아

숭숭난 솜털이 무서운 복숭아는 포도나 수박보다 먼저 우리나라에 들어왔다.

전체적으로 불그스름하고 솜털이 골고루 나 있는 것이, 싱싱한 것이다. 또 과육이 연하고 물이 많아야 맛이 있다. 고를 때 손가락으로 꾹꾹 누르면 안 된다.

복숭아 잎은 땀띠 짓무른 데 좋다. 옛날 사람들은 복숭아가 폐에 좋다고 하여 삶거나 쪄서 먹곤 했다. 또 복숭아에는 변비를 치료하는 영양소도 들어 있다.

## 참외

샛노란 껍질과 하얀 속살이 달콤한 참외는 물기가 많은 채소이다.

참외는 배꼽 부분이 좁고 껍질이 매끈하면서 색이 짙노랗고 골이 선명한 것이 맛있다. 약간 작고 모양이 타원형으로 단단한 데다가 달콤한 냄새가 나는 것이 달다.

참외는 시간이 지날수록 수분이 증발되기 때문에 냉장고보다 신문지에 싸서 보관하는 것이 좋다. 덜 익은 참외 꼭지는 토하는 사람에게 좋다. 갈증을 멎게 하는 데 효과적이며 변비에도 도움을 주고 입과 코의 부스럼에도 좋다고 한다.

## 수박

쩍 하고 쪼개지는 순간 군침이 넘어가는, 보기만 해도 시원해지는 채소.

아래쪽이 움푹 들어가고 손으로 두드렸을 때 청명한 소리가 나는 것이 맛있으며 특유의 검은 줄무늬가 뚜렷한 것이 아주 효과적이다. 수박은 과일이 아니라 채소이다. 수박은 특히 아침에 잘 못 일어나는 사람들에게 좋다. 수박을 먹고 잠이 들면 화장실에 가고 싶어서 일찍 일어나기 때문이다. 수박은 몸이 잘 붓는 사람에게 좋고 현기증에도 효과가 있다. 껍질을 말려서 달여 마시면 고혈압이 진정된다.

# 부록 실험실

## 1. 잠자리채 만들기

① 굵은 철사를 이용해 동그랗게 테두리를 만든다. 동그라미가 클수록 나비를 잡기 좋다. 그러나 너무 크면 철사가 휘청거리고 휘두르는 데 불편하므로 자기가 편한 크기로 만든다.

② 그물은 한복 안감처럼 부드럽고 바람이 잘 통하며 투명한 것이 좋다. 그물의 깊이는 60cm 정도가 알맞다.

③ 철사 테두리에 그물을 두르고 긴 막대를 달면 훌륭한 잠자리채가 만들어진다. 막대자루는 보통 1m 정도가 적당하다.

## 2. 나비 채집

① 잡은 나비를 그물에서 꺼낼 때는 조심해야 한다. 나비의 날개를 잡아서 꺼내면 날개의 비늘이 떨어지기 때문이다.

② 잠자리채로 잡은 나비는 먼저 꺼내기 전에 그물 위로 가슴을 눌러 기절시킨다. 그래야 나비가 날갯짓을 해서 비늘이 떨어지는 것을 막을 수 있다.

③ 그물 안으로 손을 넣어 기절한 나비의 가슴을 쥐고 꺼낸 다음 유산지(약간 투명하고 얇은 종이)로 만든 삼각지(네모난 유산지의 양옆을 안으로 접어 삼각형 모양으로 만든다) 안에 넣는다.

④ 삼각지는 잡은 나비를 잠시 보관할 때 꼭 필요하니 나비 채집을 할 때 잊지

말 것. 유산지가 아닌 다른 종이로 삼각지를
만들면 날개의 비늘이 종이에 묻어난다.

⑤ 나비가 든 삼각지를 양철이나 가죽으로
만든 통에 넣는다.

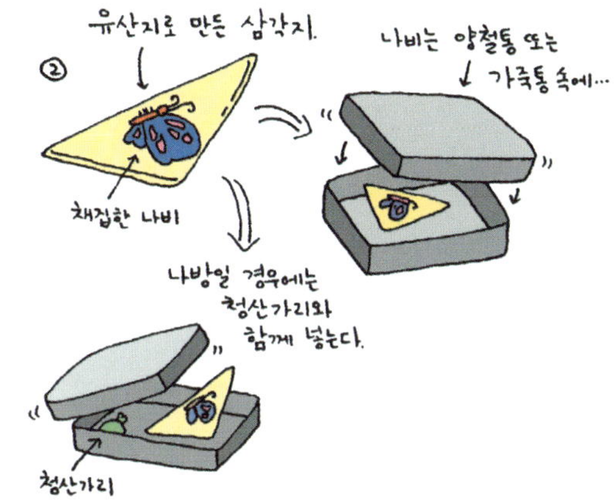


## 3. 나비 표본

채집이 끝나면 예쁜 모양 그대로 말려야 한다.
날개를 활짝 펴서 말린다고 해서 '전시(展翅)'라고 부른다.

① 전시에 필요한 도구는 전시판, 곤충핀, 곤충바늘이다.

② 전시할 때는 먼저 곤충핀을 나비의 가슴 정중앙에 꽂아 전시판에 고정시킨
   다. 그리고 앞날개를 펴서 고정한 다음 앞날개 뒤쪽 3분의 2 지점에 뒷날개
   가 겹치도록 고정한다.

③ 전시할 때는 곤충바늘로 조심스럽게 더듬이를 펴고 배를 솜 등을 이용해 받
   쳐 놓아야 한다. 누가 언제, 어디서 잡았는지 기록해 둔다. 나비를 전시한 후
   2~4주간 벌레와 먼지가 없는 그늘진 곳에 두어 말리면 훌륭한 표본이 된다.

173

## 1. 자라는 어떤 동물일까?

자라는 주로 밑바닥이 진흙으로 된 개울이나 연못에서 산다.

자라와 거북을 구분하지 못하는 경우가 많은데 몇 가지 특징만 알고 있어도 자라와 거북을 바로 알아볼 수 있다.

우선, 등딱지를 보고 알 수 있다. 등딱지에 육각형의 판이 여러 개 붙어 있으면 거북이고, 나뉘어진 판이 없이 하나의 딱지로 되어 있으면 자라이다. 또 거북은 딱지 전체가 딱딱한데 비해 자라는 딱지 가장자리가 늘어진 것처럼 연한 느낌을 준다.

또한 자라의 주둥이는 유난히 가늘고 뾰족하게 튀어나와 있으며 끝에는 동그란 콧구멍이 두 개 있다.

## 2. 자라 키우는 방법

1. 물고기를 키울 만한 어항을 준비해서 바닥에 잔모래를 깔아 주고, 물풀도 심어 준다. 돌 몇 개를 겹쳐 놓아 자라가 숨을 쉴 수 있도록 하는 것도 잊지 않는다.

2. 물은 어항 높이의 3분의 2 정도 차게 붓고 자라가 도망가지 못하도록 어항 뚜껑을 꼭 덮어 두어야 한다. 뚜껑이 없는 경우에는 양파 등을 담는 그물망을 어항 위쪽에 덮고 쉽게 벗겨지지 않도록 묶어 준다.

3. 자라는 살아 있는 먹이를 먹기 좋아하

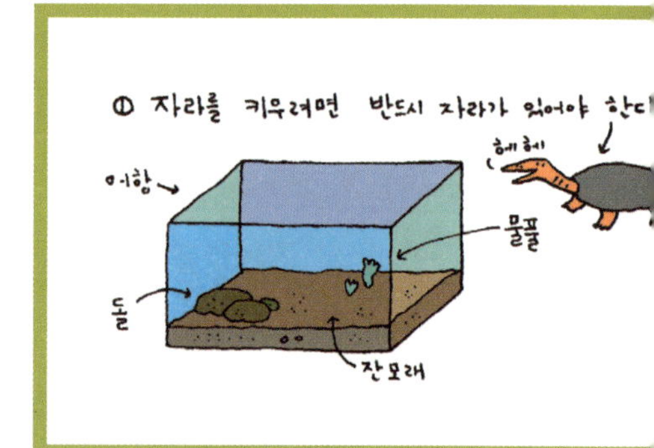

는 육식성 동물이므로 자라를 키울 때는 되도록 미꾸라지나 송사리, 민물에 사는 가재나 새우 등 살아 있는 것을 주는 것이 좋다. 빵이나 과자 햄 또는 기름기가 적은 고기나 야채를 주어도 된다. 먹이는 하루나 이틀에 한 번만 주고 남은 것은 깨끗이 치워 준다.

## 3. 주의할 점

1. 자라는 날카로운 이빨과 발톱을 가진 동물이므로 손으로 함부로 만지다가는 물릴 수도 있다. 자라를 들 때는 뜰채를 이용하도록 한다.

2. 물의 온도가 너무 낮으면 움직이지 않고 잠만 자며, 너무 높으면 죽을 수 있으므로 20~25℃ 정도를 유지해 주어야 한다.

3. 자라의 배설물로 물이 더러워지면 갈아 주고, 청소한 뒤에는 반드시 손을 씻도록 한다.

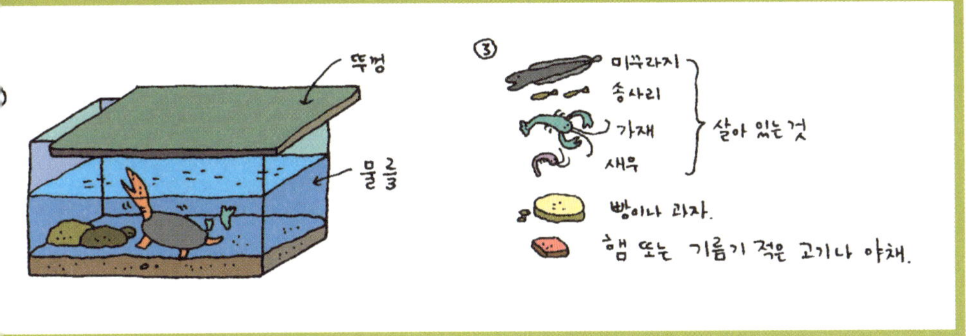

## 1. 준비물

PET 병 3개, 가위나 칼, 박스 테이프, 시중에서 판매하는 탄두(HEAD)와 날개, 분사노즐

## 2. 만드는 방법

① PET 병을 그림1처럼 가위나 칼로 자른다. 이때 PET 병의 밑 부분에 있는 홈을 따라 자르면 모양이 비뚤어지지 않는다.

② 잘라낸 PET 병 A에 자르지 않은 PET 병 B를 끼워 넣고, 박스 테이프로 두 개의 PET 병을 붙인다. 이때 두 개의 PET 병이 일직선이 되도록 주의한다.

③ 시중에서 판매하는 탄두(HEAD)를 절단된 PET 병 A의 위쪽에 끼우고 박스 테이프로 고정한다. 이때도 탄두가 PET 병과 일직선이 되도록 주의한다.

④ 자르지 않았던 PET 병 B의 병 입구에 분사노즐을 끼운다.

⑤ 새로운 PET 병 C의 중간 부분과 아래쪽의 약간 배부른 부분이 포함되도록 자른다. 이때도 빨간색 펜 등으로 자를 부분을 표시한 후 비뚤지 않게 잘 자른다.

⑥ 새로 잘라낸 PET 병 C의 아래 부분을 분사노즐이 끼워져 있는 PET 병 B에 끼운 뒤, 박스 테이프로 고정한다. 여기는 안정 날개가 붙는 곳이므로 두 개의 PET 병과 일직선이 되도록 주의한다.

⑦ 마지막으로 시중에서 판매하는 날개를 정확하게 90도가 되도록 하여 네 곳에 접착하면 물 로켓이 완성된다.

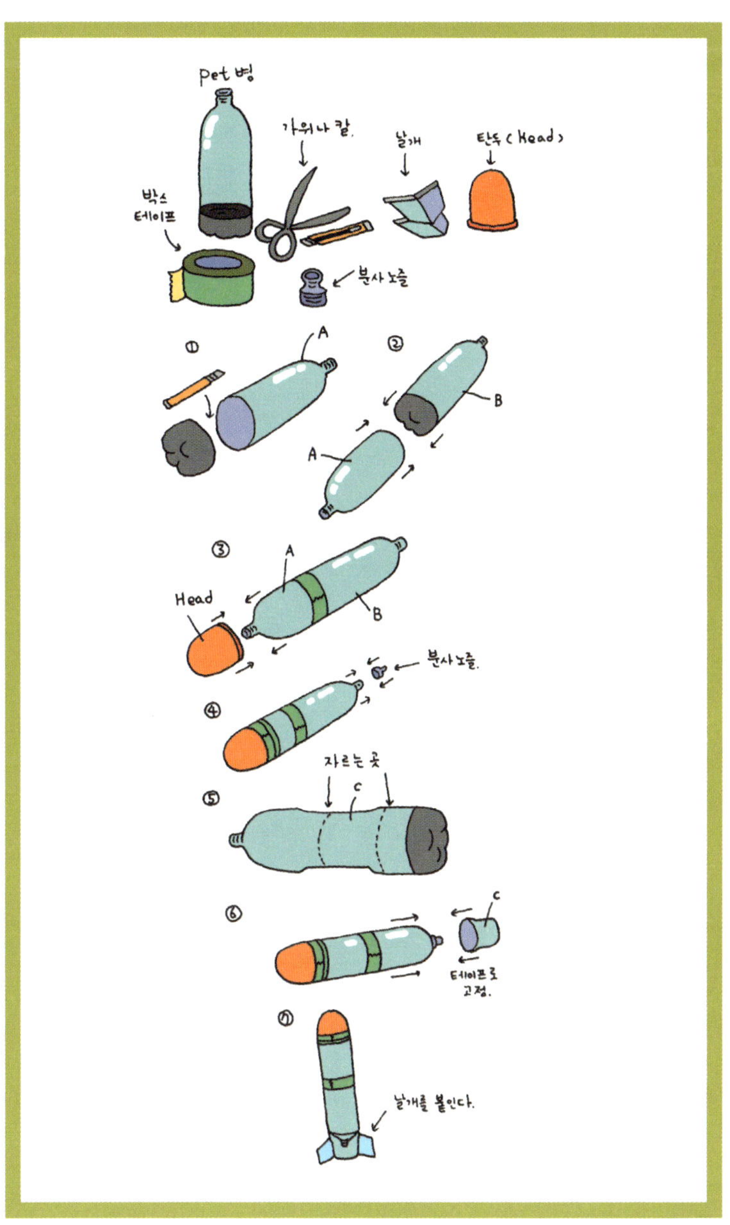

Pet 병
가위나 칼.
날개
탄두 (Head)
박스 테이프
분사 노즐
①
A
②
B
A
③
A
B
Head
④
분사 노즐.
⑤
자르는 곳
C
⑥
C
테이프로 고정.
⑦
날개를 붙인다.

한여름 밤 풀숲에서 '뚜르르 뚜르르' 하며 울어대는 여치, 여치를 길러 보자.

## 여치 낚시

여치는 직접 손으로 잡기가 힘들다. 소리를 듣고 풀숲을 푸석푸석 거리며 들어가면 여치가 얼른 더 깊은 풀숲으로 도망가 버리기 때문이다. 이럴 땐 파를 써서 여치 낚시를 하면 된다.

① 막대기 끝에 실을 묶고 실 끝에 먹이로 파나 양파를 단다. 그리고 여치가 있는 곳으로 다가간다.

② 여치가 파에 올라타면 가만히 낚아올린다.

③ 여치가 매달린 막대기를 조심스럽게 들고 여치가 도망갈 만한 풀이 없는 데까지 간 다음 여치를 잡는다.

## 여치 기르기

① 어항에 흙을 10cm 정도 깔고 볏과의 풀을 심은 뒤 철망으로 뚜껑을 덮는다.
벌레 상자에 넣어 키울 수도 있다.
여치 종류는 한 마리씩 넣어서 길러야 한다. 몇 마리씩 같이 기르면 싸우거나
서로 잡아먹기도 한다.

② 먹이로는 사과나 오이, 애호박 등의 야채나 과일을 준다. 멸치나 말린 생선을
갈아서 같이 주는 것도 좋다.

③ 먹이는 매일 갈아 주어야 한다. 먹이 찌꺼기가 남으면 곰팡이가 피기도 하고
병이 생기는 원인이 되기도 한다.

④ 바람이 잘 통하는 그늘진 곳에서 길러야 한다. 상자 속의 흙이 마르지 않도록
가끔 물을 몇 방울 떨어뜨려 주어야 한다.

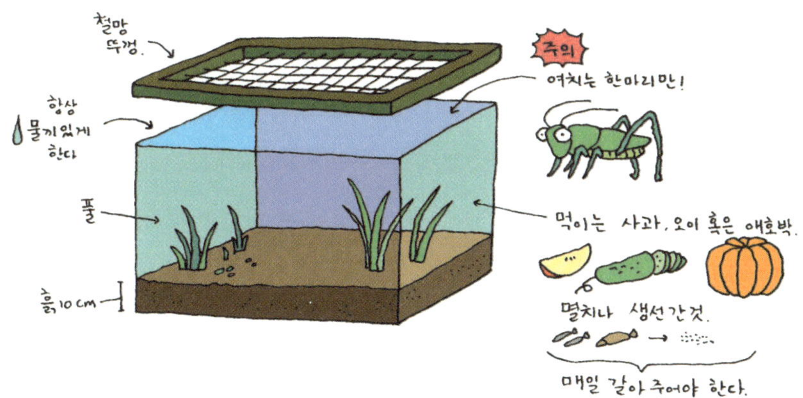

　나팔꽃은 6월이 되면 잎이 나와 있고 덩굴을 치려고 한다. 이 나팔꽃을 화분에 옮겨 심고 덩굴을 관찰하여 보자.

1. 모종의 뿌리가 다치지 않게 긴 꼬챙이 따위로 깊이 찔러서 나팔꽃을 뿌리 둘레의 흙과 함께 들어올린 후 화분에 옮겨 심는다.

2. 물은 아침과 낮에 주는데 화분 밑으로 물이 샐 정도로 흠뻑 준다. 물이 차가우면 흙의 온도가 내려가므로 햇볕에 놓아 두어 따뜻해진 물을 준다.
비료는 10일에 한 번씩 주는데 꽃집에서 파는 비료나 쌀뜨물을 준다.

3. 모종 옆에 대나무 등으로 받침대를 세워 덩굴을 감을 수 있도록 한다.

4. 꽃이 피면 어떤 색깔이었는지 나중에 알 수 있도록 이름표를 달아 놓는다.

5. 씨는 충분히 여문 다음에 따내어 잘 말려서 종이봉지에 보관한다. 비닐봉지에 보관하면 안 된다. 습기로 말미암아 씨가 썩어 버리기 때문이다.

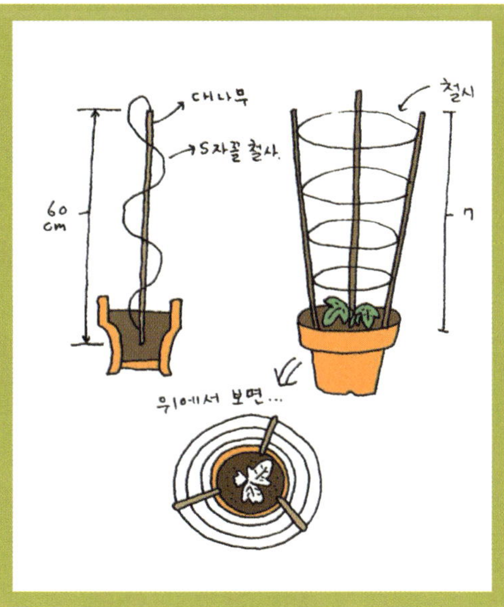

대나무
철사
S자꼴 철사.
60
cm
ㄱ
위에서 보면…


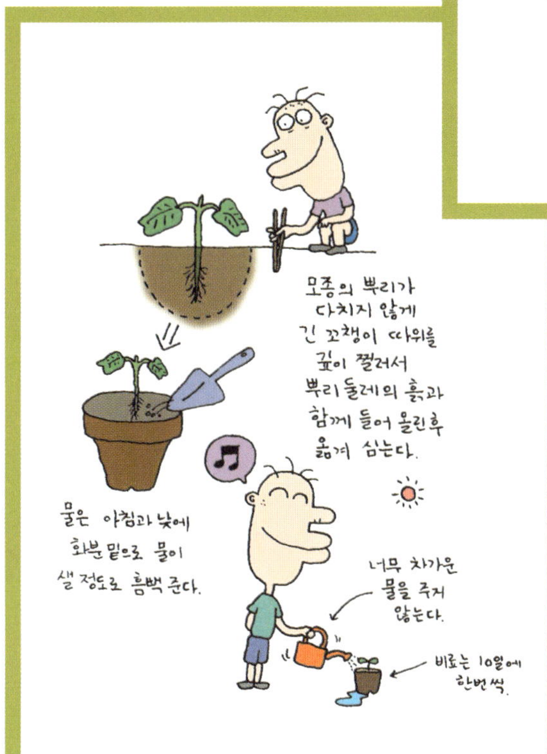

모종의 뿌리가
다치지 않게
긴 꼬챙이 따위를
깊이 찔러서
뿌리 둘레의 흙과
함께 들어 올린후
옮겨 심는다.

물은 아침과 낮에
화분 밑으로 물이
샐 정도로 흠뻑 준다.

너무 차가운
물을 주지
않는다.

비료는 10일에
한번 씩.

**1. 뜨겁게 내리쬐는 태양 밑에서 놀고 나면 온몸이 벌겋게 달아오른다.**

─피부가 뜨거운 광선에 의해 자극을 받은 상태이므로 미지근한 물로 깨끗하게 샤워를 한다. 특히 바닷가나 수영장에 다녀온 경우라면 바닷물의 염분기, 모래, 수영장 물의 염소 성분 등이 몸에 남아 있을 수 있으므로 꼼꼼하게 샤워해 준다. 꼼꼼히 한다고 몸을 심하게 문지르는 것은 금물.
얼굴도 미지근한 물로 깨끗이 닦아내고 스킨과 로션을 충분히 발라 준다.

─강한 자외선에 화상을 입어 허물이 벗겨질 때 지저분하고 가렵다고 마구 벗겨내면 안 된다. 피부에 자극을 주고 흉터로 남을 수도 있으니 허물이 자연스럽게 벗겨지도록 내버려두어야 한다.

**2. 얼굴이나 등이 화끈거리며 따끔따끔하다.**

─피부를 차갑게 진정시킨다.

① 냉타월 찜질
물에 적신 타월을 냉동실에 넣어 두었다가 바삭바삭 거릴 정도로 얼면 꺼내어 얼굴 전체를 감싸고 지긋이 눌러 준다.

② 얼음 마사지
얼음을 그대로 얼굴에 문지르면 피부에 자극을 줄 수 있으니 얼음이 녹아서 흐르지 않도록 비닐에 싼 다음 다시 가제 수건으로 싸서 얼굴 부위에 올려놓는다.

③ 차가운 스킨

　집에 있는 스킨을 냉장고에 넣어 차갑게 한 다음 솜에 묻혀 화끈거리는 부위
　에 올려놓는다.


**3. 얼굴이 울긋불긋하게 달아오르거나 거무튀튀해지고 주근깨가 생겼다.**
－과일이나 야채 등으로 팩을 해준다.


① 포도 팩

　껍질과 씨를 빼고 으깨어 에센스를 섞은 다음 얼굴에 고루 펴 발라 주고 시간
　이 지나 마른 후 물로 씻어내 주면 주근깨, 기미, 잡티가 없어진다.

② 감자 팩이나 오이 팩

　흡수가 쉽도록 갈아서 밀가루와 섞은 후 얼굴 바르고 그
　위에 거즈를 덮어 주면 붉게 달아오른 얼굴이 진정될
　뿐 아니라 다시 하얘진다.